엄마 떠나길 잘했어

청춘이 시작되는 17살 딸과 청춘이 끝나가는 41살 엄마, 겁 없이 지구를 삼키다!

엄마 떠나길 잘했어

박민정 · 변다인 지음

마음의숲

Contents

PART1

유럽

PART2
중·남미

프롤로그

다인

1

17살이었어요. 나름 고민도 많고 걱정도 많았죠. 그러던 어느 날 문득, 엄마한테 공부는 왜 해야 하냐고 물었어요. 그러면서 난 내 꿈이 뭔지 모르겠다고도 했어요. 나를 물끄러미 보고만 있던 엄마는 다음 날, 함께 여행을 가지 않겠냐고 말했어요.
"어디로? 얼마나?"
"1년쯤, 아무 데나. 옛날 엄마 꿈 중 하나가 세계여행이었거든. 세계여행을 하려면 한 1년은 걸리지 않을까? 너도 꿈에 대해 생각하려면 그 정도 시간은 필요할 테고."
"엄마 정신 차려!"
"정신 말짱해!"
"나 학교는?"
"여행 다녀와서 가면 되지. 너는 꿈을 찾아가고, 나는 꿈을 이루기 위해 떠나는 거야!"
"우린 부자도 아닌데 돈은 어쩔 거야?"
"제일 싼 데서 자고, 맛있는 음식은 기대하지도 마. 너 다이어트도

할 겸 하루 두 끼만 먹어."

"아빠는?"

"개들 봐야지."

엄마와 나의 세계여행은 그렇게 황당하게 시작되었어요.

2

17살, '꿈이 뭘까?'라는 질문이 자연스럽게 찾아왔어요. 마치 수업 종만 울리면 밀려오는 허기처럼. 엄마와 나는 긴 시간을 들여 여행을 떠나기로 했죠. 우리는 계획 없이 발길이 닿는 대로 가보기로, 남들의 여행 루트를 따라다니지 않기로, 최대한 아껴 쓰기로 했어요. 우리의 여행에는 다른 세계여행자들처럼 절실한 마음이나 대단한 결심이 없었어요. 엄마는 지금도 남들처럼 심각하고 큰 결심이 필요했다면, 우리는 떠나기도 전에 힘들어서 지쳐버렸을 거라고 해요.

아, 그리고 꿈을 찾지 못하면 어쩌나 고민하는 내게 아빠는 전혀 상관없다고 했어요. 찾을 수 없을 가능성이 100배는 더 크다고, 단지 꿈을 고민하고 생각하는 시간만으로도 충분하다고 말했죠. 너무너무 고맙고 다행이라 눈물이 날 뻔했어요.
그렇게 떠난 여행, 엄마와 나는 처음부터 끝까지 너무 많이 헤매고 싸우고 울었어요. 평생해야 할 바보짓을 여행 중에 다 해버렸다고나 할까요. 바보짓을 하고 나면 우리는, 우리가 한 바보짓 중에서 이번 건 몇 등일까 얘기하며 우울한 기분을 날려버리곤 했죠. 아! 그래도 물론 좋았던 순간이 훨씬 더, 더, 더 많았어요. 날아오를 듯한 순간들로 가득했죠!

3

시간을 가지고 자신의 꿈을 찾아보고 싶은 사람, 세계 각지의 주민들과 대화하고 싶거나 세계의 다양한 음식을 맛보고 싶은 사람, 빨래가 널린 골목길에서 길을 잃고 싶은 사람, SNS에 자랑질하는 것을 좋아하거나 반대로 휴대폰 중독에서 벗어나고 싶은 사람, 여러 가지 위기에서 침착해지는 법을 배우고 싶은 사람, 떠돌이 개와 길고양이들에게 먹을 것을 나눠주는 아량을 가진 사람, 유행

지난 신발을 빨리 닳게 하고 싶은 사람, 세계지도를 펼쳐놓고 다음 목적지를 정하며 설레고 싶은 사람, 매일 밤 고단한 몸으로 양말과 속옷을 빨아보고 싶은 사람, 사진 찍을 때의 미소는 세상 사람 모두가 어색하다는 것을 깨닫고 싶은 사람, 다양한 기내식을 먹어보고 싶은 사람, 여권의 페이지 수가 점점 줄어드는 기쁨을 느끼고 싶은 사람….

누군가를 그리워하고 싶고, 스스로에 대해 더 많은 걸 알고 싶고, 과거에 잃어버렸거나 한 번도 누리지 못했던 행복을 느끼고 싶다면, 공원으로 산책을 가듯 집을 나서요. 입고 있던 낡은 바지에 슬리퍼 차림이라도 좋아요. 세계여행은 소풍가듯 다녀오는 거죠. 그렇게 다녀와서 아무렇지 않게 트렁크를 풀고, 뜨거운 물로 샤워를 하고, 침대에 드러누워 팔을 쭉 뻗으며 말하는 거죠.

"아~ 잘 다녀왔다!"

어느 날 문득

민정

“공부는 왜 해야 돼? 난 앞으로 뭘 해야 할까?”
다인이가 황당한 질문을 던졌다. 그리고 이어지는 질문.
“엄만 왜 살아?”
17살인 딸도, 41살인 나도 답이 없었다. 그날 온종일 우리는 대책 없이 진지해져 버렸다. 그리고 고민 끝에, 1년 동안 여행을 가기로 결심했다. A에서 Z까지 알파벳을 외우듯 당연하게 이어지는 삶을 내려놓고.
청춘의 한가운데로 달려가지만 뭘 해야 할지 모르는 딸, 청춘이 손가락 사이 모래알처럼 흩어져 버렸지만 아직도 왜 사는지 모르는 엄마. 우리의 세계여행은 그렇게 시작되었다.

인생은 고난 행군

민정

세상에는 인터넷과 책자를 비롯해 여행에 대한 정보들이 넘쳐흐른다. 웹 서핑을 하다가 세계여행 중인 한 블로거의 1년 여행 루트와 유명한 인터넷 여행카페의 끝없는 정보를 만났다. 대단하다기보단 숨이 막힌다. 계획을 따라 짜여진 길로 가고 싶지 않다. 남들과 같은 인생을 살지 않기 위해 떠나면서 남들의 여행을 카피한다는 건 바보짓이다. 우리는 꼭 필요한 정보만 챙기고, 나머지는 현지에서 직접 부딪치기로 한다.

첫 여행지인 모스크바 일정을 다인이에게 일임한다. 다인이가 할 일은 첫날 묵을 도미토리를 찾아가는 법, 중요한 볼거리와 그곳으로 가는 법을 익히는 정도.

다인

남들의 정보에 의지하지 않기!

정해진 루트 없이 마음 가는 대로 따르기!

저예산, 저효율 여행!

한마디로 고. 난. 행. 군!

엄마는 우리가 낯선 외국인들과 함께 도미토리에서 잠을 잘 거라고 한다. 맛난 음식도 기대하지 말란다. 설마… 나는 믿지 못하겠다.

짐 꾸리기

다인

"화장품은?"

"사치야."

"후드티는?"

"무거워."

"티셔츠 하나 마음대로 못 넣어? 엄만 완전 공산당이야!"

엄마는 자꾸 짐만 된다고 500그램도 안 되는 내 필수품들을 빼앗아 갔다. 나도 여행의 일원인데, 옷도 내가 원하는 대로 입지 못하고, 꼭 가져가고 싶은 것도 못 가져가고.

역시 엄마는 공산당 마녀다!

민정

짐을 싸고 보니, 땅콩체구인 우리 모녀에겐 그야말로 괴물사이즈다. 등산용 배낭은 크기를 리터로 표시하는데 내 배낭은 50리터, 다인이 배낭은 40리터다. 그래서 짐은 무조건 기승전~무게 줄이기. 그러다 다인이와 한바탕 싸움이 벌어졌다. 마지막 날, 등산용 배낭 하나를 캐리어로 바꾸고 압수한 다인이의 화장품과 여분의 식료품을 챙겼다. 다인이의 의견은 존중하겠다면서 무조건 빼라고 하는 건 모순 같았다.

믿자!

다인

긴 여행을 떠나기로 결정하자 기쁨만큼이나 마음 아픈 일도 많아졌다. 매일 아침 첫 과목 종이 치기 전까지 붙어있던 단짝과 헤어져야 하고, 군것질을 하러 들르던 가게 아주머니들과도 작별 인사를 해야 할 것이고, 아빠와 말썽쟁이 개들과도 이별을 해야 한다.
이렇게 학교를 미루고 가도 될까, 걱정이다. 여행을 다녀온 후의 미래를 걱정하는 내게, 엄마는 일단 부딪쳐보자고 했다. 결정적으로 엄마와 단 둘이 무작정 큰 세상으로 나아가, 낯선 사람들과 부딪치며 길을 찾아갈 수 있을까 두렵다.
나는 인터넷으로 첫 목적지인 러시아 모스크바를 검색해보았다. 아무리 봐도 짐작조차 되지 않고, 내가 정말 그곳에 갈 거란 게 실감도 안 났다. 그런데 문득 돌아보니 나는 공항으로 가는 전철을 타고 있다. 머릿속의 걱정과 두려움은 사라지지 않고 계속 더 크게 부풀어 오른다.
그리고 잠시 후 구름 위에서 나는 이제는 믿을 수밖에 없다고 생각했다. 엄마의 결심을 믿고, 나와 엄마를 보낸 아빠의 선택을 믿고, 또 내 자신을 믿자!

시작부터 위기

민정

인천공항 발권 데스크에서 혹시나 하는 마음에 직원에게 물었다.

"편도인데 괜찮죠?"

"비자는 받으셨죠?"

"아니요. 올해부터 무비자로 바뀌지 않았어요?"

"비자 없이 입국하려면 왕복항공권이 있어야 해요. 무비자 입국 시행 초기라 입국심사가 까다롭거든요."

"입국이 거부되면 어떻게 돼요?"

"한국으로 돌아오셔야 해요."

아에로플로트 항공의 핀란드행 티켓을 끊느라 법석을 떨고 나니 시간이 없다. 마중 나온 가족들에게 인사도 제대로 못한 채 항공사 직원과 냅다 달렸다.

러시아 입국심사장, 두근두근 심장을 졸이며 입국심사대에 선다.

"티켓!"

바우처를 보며 심사관이 말한다. 프린트한 종이가 티켓이라고 말해도 소용없다. 영어를 못하는 여자는 "티켓"과 "노"만 앵무새처럼 반복한다. 정신줄을 다잡고 주변을 둘러보니 아에로플로트 항공사가 보인다. 그곳에서 겨우 티켓을 발권해 다시 심사대로 향한다. 한없이 작아진 마음을 진정하고 입국심사대를 빠져나와 가방을 찾으러 간다. 수하물들을 컨베이어 벨트에 가차 없이 던진다는 악명답게 새로 구입한 캐리어가 너덜너덜 만신창이다. 시작부터 위기다!

EUROPE

유럽

러시아

소소한 팁

- 모스크바나 상트페테르부르크에 있는 호스텔을 찾아갈 때는 꼭 주소와 호수를 기억해 둘 것. 건물 하나에 여러 가구가 모여있기 때문에 상호가 나와 있지 않으면 문 앞에서 초인종을 누를 수 없다.
- 상트페테르부르크 인근의 소도시 노브가든행 버스에 타려면 여권이 필요하다. 러시아에서는 도시 간 이동에 여권이 필수다.
- 매월 첫째 주 목요일, 세계 3대 박물관인 〈에르미타주 박물관〉이 무료로 개방한다.
- 학생이라면 〈국제학생증〉은 필수품! 미술관과 박물관 등 세계 각지에서 다양한 할인 혜택을 받을 수 있다.
- 〈예카테리나 궁전(여름 궁전)〉에서 한 러시아인이 나무를 흔들어 사과를 땄다. 우리도 따라서 셀카봉으로 사과를 따려다 걸려서 야단을 맞았다. 현지인도 법을 지키지 않을 때가 있으니, 무조건 따라하는 건 금물.
- 씨티은행 국제현금카드로 현지 ATM을 이용하면 편하다. 수수료가 1달러로 다른 은행에 비해 저렴하다.

Russia

멘붕

다인

셰레메티예보 공항을 빠져나오는데 불안하다. 나는 지하철역 이름을 계속 생각했다. 공항철도를 탄 후 모스크바 시내에 있는 벨라루스카야 역에서 지하철을 탄다. 두 번 환승하고 보르비츠카야 역에서 내리면 숙소까지 5분이다. 나머지 모르는 건 물어보면 된다.
으악! 지하철이 복잡해서 타는 곳을 모르겠다! 영어 간판이 없다! 통역은 내 담당인데 낯선 사람들이 겁난다. 어쩌다 용기를 내 말을 걸면, 으르렁거리는 듯한 러시아 말로 대꾸한다. 당황해서 뭘 물어봐야 할지도 모르겠다. 물어보고 오면 정작 중요한 것은 안 물어봤다며 엄마가 야단친다. 엄마의 잔소리가 배고픔처럼 밀려온다. 이제 밤인데 강도나 납치를 당하면 어쩌지….
머릿속이 복잡하다! 아아, 불안이 현실이 되어버렸다.

Russia

대리 감탄사

다인

성바실리 대성당 안. 두 소녀가 낡은 디지털 카메라를 들고 사진을 마구 찍어댄다. 청바지에 체크무늬 티셔츠를 입은 한 소녀는 숨을 들이마신 다음 "하~" 감탄사를 내뱉는다. 다시 숨을 들이마시고 "하~" 하고 자꾸만 자꾸만 감탄사를 연발한다. 잠시 후, 목이 쉬었는지 켁켁거린다. 옆에서 내가 "와~ 대박이다!" 하고 대신 감탄해주었다. 흠, 조금은 고마워해주려나?

Russia

열 걸음

다인

길을 안다며 당당하게 앞장을 선 지 30분이 넘었다. 하지만 나는 열 걸음 가다가 길을 묻고 또 열 걸음 가다가 길을 물었다. 예상 시간보다 1시간이 더 걸린 후에야 모스크바 대학에 도착할 수 있었다. 엄마는 열 걸음 가서 잔소리를 하고, 또 열 걸음 가서 왜 이렇게 똑바로 아는 게 하나도 없냐며 제대로 알아오지 않은 내게 화를 낸다. 에효, 한 걸음 한 걸음이 힘들다. 그래도 모스크바 대학에 도착한 나는 환하게 웃는다.

Russia

가족이라 문제야

민정

매일 길을 헤매는 것도 지겨운데 없어진 다인이까지 찾으러 다니려니 울화통이 터진다. 제발, 말없이 사라지지 말라고 당부했는데 또 어디로 간 걸까? 오전에 갔던 크렘린에서도 덩치 좋은 서양인 여행객 무리가 지나가자마자 다인이가 사라졌다. 한 번쯤 뒤를 돌아볼 만도 한데, 아이는 방울 소리를 따라가는 고양이처럼 훌쩍 갈 길을 가버린다.

오늘만 두 번째 행방불명. 겨우 다인이와 재회했는데 잔소리가 먼저 튀어나왔다. 다인이도 미안하단 말 대신 오히려 큰소리를 친다. 우리는 푸시킨 미술관 앞에서 4시간 후에 만나기로 하고, 뒤도 돌아보지 않고 헤어졌다.

사람들은 저마다 다른 속도와 방법으로 세상을 탐색한다. 벌어진 거리는 앞선 사람이 뒤를 돌아보면 간단히 해결된다. 그러나 가족이라 문제다. 서로의 거리를 인정하지 못하고 탓만 하는 것이다. 마음의 안전거리를 유지하지 못해 수시로 사고가 발생하는 게 가족이다.

Russia

바보 엄마

다인

엄마와 헤어진 후 푸시킨 미술관을 찾아 나섰다. 알고 보니 진짜 푸시킨 미술관은 나와 엄마가 '이곳이 푸시킨 미술관이다!'라고 합의했던 건물이 아니라, 그 뒤쪽에 있었다.

'아, 비가 오기 시작하네! 아무래도 엄마한테 말해주지 않으면 이 이상한 박물관에 들어갈 것 같은데 어쩌지?'

엄마를 20분가량 기다렸다.

'에이, 사람들한테 이게 푸시킨 미술관이 맞냐고 물어보겠지. 설마….'

나는 진짜 푸시킨 미술관을 구경하고, 약속된 장소인 미술관 앞에서 엄마를 기다린다. 시간이 아무리 지나도 나타나지 않는다. 역시나 엄마는 다른 미술관을 구경하고, 그 앞에서 기다리는 것 같다. 엄마 바보!

Russia

언제나 시행착오

민정

다인이는 푸시킨 미술관이 아주 크다고 말했었는데, 이상하게도 2시간 만에 관람이 끝나버렸다. 남는 시간에는 아르바트 거리를 걸었다. 나는 괴상한 모자를 쓴 마술사 뒤에서 조용히 그를 기다리는 지팡이를 본다. 마술이 끝나면 지팡이는 마술사의 걸음에 보조를 맞출 것이다. 언젠가 나와 다인이도 서로의 속도에 맞추어 걷는 법을 배울지도 모른다. 우선 기다려주고 지켜봐주는 게 중요하다. 생각해보면 다인이는 혼자서 여행을 해본 적 없는 17살 철부지다. 그런 아이에게 안내를 맡긴 것 자체가 문제였다. 길을 헤맨다고, 설명이 부실하다고 타박하고 몰아붙였다. 자식의 실패에 인내심이 전혀 없는 엄마라니… 최악이다. 시행착오에서 배우자던 초심은 어디로 던져버린 걸까?

노을이 번지는 하늘을 보며 다인이를 기다린다. 늦다. 환한 얼굴로 달려오는 다인이를 보며 나도 환하게 웃는다. 다인이가 말한다.

"여긴 푸시킨 미술관이 아니야, 엄마."

이번엔 내가 틀렸다. 하지만 우리 딸은 나에게 화내지도 따지지도 않는다. 다만 엄마를 만나 다행이라고 말한다.

СИНИЙ ТРОЛЛЕЙБУС
ОКУСЫ
и
АГИЯ

Russia

슈또나! 슈또나!

다인

새벽 5시 무렵, 기차를 타고 상트페테르부르크에 도착했다. 지하철 운행이 시작되는 오전 6시까지 러시아 사람들과 함께 지하철 입구의 철문 앞에 쪼그려 앉아있기로 한다.
그때 영화 속 한 장면처럼 귀여운 둥근 코에 콧수염을 가진 땅딸막한 남자가 지하철 토큰을 짤랑거리며 "슈또나! 슈또나!"라고 외친다. 곧 그만이 아니라 여러 사람이 외치기 시작한다. 알고 보니 지하철 토큰을 현금으로 교환하자는 뜻이었다. 춤추는 듯한 그 말이 지쳐있던 나의 기분을 활기차게 바꿨다.
그때부터 나도 슈또나를 외치고 다니기 시작했다. 배 투어에서도, 성 이삭 성당에서도, 피의 구원 사원에서도, 겨울 궁전과 여름 궁전에서도, 횡단보도 앞에서도, 공원 입구에서도, 이름 모를 성당의 계단에 앉아서도, 감기에 걸려 콧물을 흘리면서도 나는 "슈또나! 슈또나!"를 외쳤다. 엄마는 바보 같다고 싫어했지만, 난 또 바보처럼 외친다.
슈또나! 슈또나!

Russia

묘사할 수 없음

민정

호색한 블라디미르 대공은 러시아의 안정과 통일을 위해서는 단일 종교가 필요하다고 믿었다. 그는 사신을 파견해 이슬람교, 천주교, 그리스정교를 두루 살피라고 지시했다.
이슬람교도들은 자신들의 종교를 믿으면 내세에 무함마드가 미녀 70명을 주신다고 대공을 현혹했다. 하지만 금주 조항이 문제였다. 러시아인의 기쁨인 술 없이는 살 수 없다고 판단한 블라디미르 대공은 사신을 돌려보냈다. 천주교의 로마교회 의식을 보기 위해 독일로 파견됐던 사신은 "아무런 영광도 보지 못했나이다"라는 보고를 올렸다.
비잔틴의 소피아 대성당에 간 사신은 "우리는 그곳이 천상인지 지상인지 알 수 없었나이다. 그 장중함과 아름다움은 분명 지상의 것이 아니었습니다. 묘사할 말을 찾을 수 없나이다"라고 보고했다.
러시아정교의 교회엔 의자가 없다. 그리고 말이 아닌 노래로 하늘과 소통한다. 반짝이는 이콘화(icon)에 둘러싸인 예배당 안은 그 장중함 때문에 늘 지상이 천상이 된다.

ω
Ο Ν

Russia

떠나간 것은 잡을 수 없어

다인

여자는 강가에 서서 흐르는 강물을 괘씸하다는 듯이 바라보고 있었다.

지난 밤, 나는 고등학교와 대학교 그리고 사회에 대한 걱정으로 밤잠을 설쳤다. 지금 이렇게 나다녀도 되는 걸까? 학교나 학원에 있어야 할 내가 왜 여기 있는 거지? 이러다 내 미래를 망치는 것은 아닐까?

문득 나는 그 여자에게 소리치고 싶었다.

"떠나간 것은 잡을 수 없어요. 지금 이 순간을 즐겨요!"

그건 아마 나 자신에게 말하고 싶은 거겠지?

걱정은 접어두자. 이미 떠나간 것은 잡을 수 없으니까.

Russia

호스텔의 부엌

민정

결혼과 동시에 부엌이 왔다. 그래서 부엌에서 벗어나는 것만으로도 여행은 좋았다. 상트페테르부르크의 호스텔에 머물기 전까지는 콘도도 아닌 저예산 숙소에서 밥을 해 먹을 수 있다는 생각을 못했다. 입에 맞지 않는 음식을 매끼 사먹는 건 엄청난 부담이라 우리는 밥을 데워 먹거나 라면을 끓여 먹으려고 작은 전기쿠커를 가져왔는데, 부엌을 보니 딱 붙어서 떨어지고 싶지 않다.

대학을 졸업하고 우정여행을 온 친절한 크로아티아 청년들이 소시지와 치즈를 맛보라고 권하며, 근방의 가장 저렴한 마트를 알려주었다. 우린 누룽지를 끓여 대접했다.

다인이가 심한 감기에 걸렸다. 말은 안 통하지만 늘 호탕하게 웃는 러시아 아주머니가 닭고기 스프를 나눠주었다. 독일에서 대체의학을 전공한 폴란드인 여의사는 감기 증상을 완화하는 데 효과가 있다며 레몬차 만드는 법을 가르쳐주었다.

여행자의 부엌은 음식을 만들고 소비하는 동시에 소통하고 교류하며, 정을 나누는 공간이다. 여행자들의 다채로운 식재료와 새로운 맛들은 부엌이라는 한정된 공간을 확장시킨다. 다양한 국적만큼이나 많은 사연이 더해진 호스텔의 부엌에선 오늘도 맛있는 음식들이 익어간다.

Russia

따뜻한 할머니

다인

날씨는 춥지만 햇살이 좋다. 엄마와 잠깐 떨어져 겨울 궁전의 공원에서 그림을 그린다. 러시아 할머니 두 분이 다리가 아픈지 무릎을 움켜쥐고 옆에 앉으신다. 나는 할머니들을 그리기 시작했다. 그림이 완성될 무렵 할머니들이 다가와 말을 거셨다.

"안녕하세요. 저는 러시아 말을 할 줄 몰라요."

러시아 말을 알아들을 수 없는 나는 영어로 대답했다. 할머니들은 손으로 그림을 가리켰고, 나는 그림을 내밀어 보여드렸다. 미소를 머금은 할머니들은 부드러운 목소리로 무언가를 말씀하셨다. 뜻을 정확히 이해할 수는 없었지만, 단번에 칭찬이란 걸 알았다. 나도 웃으면서 고개를 끄덕였다. 그리고는 "스파시바!(감사합니다!)"를 연신 내뱉었다. 종일 마음이 따뜻했다.

핀란드

소소한 팁

- 유럽을 여행할 때 '쉥겐조약'은 꼭 알아두자. 유럽 26개국이 여행과 통행 편의를 위해 체결한 조약이다. 조약을 맺은 나라끼리는 하나의 국가처럼 비자 없이 자유롭게 이동할 수 있다. 단 모두 합쳐 180일 이내 90일까지 체류가 가능하다.
- 〈스톡만 백화점〉에는 1유로를 아낄 수 있는 공짜 화장실이 있다.
- 잊지 말자! 쌀은 무조건 비싸야 그나마 먹을 수 있다.
- 〈투르쿠 도서관〉은 진짜 최고!

Finland

요트

민정

"어디 가니?"

"놀러 가요."

아빠와 함께 요트를 타러 가는 주황색 구명조끼를 입은 세 아이를 만났다. 요트는 핀란드에서 평범한 일상이다. 퇴근 후 부부가 함께 요트로 물길을 산책하고, 학생들도 주말에 요트를 타며 여가를 즐긴다. 다른 곳에서는 부의 상징인 요트가 이곳에서는 너무나 당연한 일상이다.

아이들에게 방긋 웃어주고 돌아서는데, 문득 영화 〈친절한 금자씨〉에서 백 선생이 요트를 사기 위해 아이들을 납치하던 장면이 떠올랐다. 그에게는 아이들의 목숨보다 요트가 중요했다.

내게 중요한 것은 과연 바른 것일까? 커피 한 잔, 다이아몬드 반지, 맑은 물, 신선한 공기, 집, 옷과 음식들. 내가 누리는 것들을 당연하다고 믿는 순간, 우리는 가해자가 될지도 모른다.

Finland

행복한 전원생활

다인

우리는 핀란드 일반 가정집 분위기의 숙소에서 묵기로 했다. 투르쿠 시내에서 좀 떨어져 있어 무거운 짐을 끌고 1시간이나 걸어야 했다. 언제나처럼 많이 헤맸지만 숙소는 대만족이었다. 침대는 푹신하고 거실 장식은 고급스럽다. 빨간색으로 포인트를 준 부엌엔 오븐과 식기세척기가 있으며, 실내와 실외엔 사우나가 한 개씩 있고, 세탁실에는 세탁기와 건조기까지 있다.

'음 역시! 이게 바로 핀란드인들의 풍요로운 삶이지.'

사우나를 하고 주인 애나마야 아주머니와 중학생 아들 올리버를 도와서 책상을 스프레이 페인트로 칠했다. 그 후에는 올리버와 트램펄린에서 실컷 놀았다. 오랜만에 느끼는 평범하고 즐거운 아침이었다.

다음에 투르쿠에 또 놀러 가면 꼭 찾아갈게요! I miss you!

Finland

환상의 무민월드

다인

내가 핀란드에 여행 온 가장 큰 목적은 무민월드(핀란드 대표 캐릭터인 무민을 테마로 한 놀이공원)였다. 그런데 이럴 수가! 관광안내소 언니가 여름 시즌이 끝나서 무민월드는 지난달에 문을 닫았다고 한다. 그 말에 창피하게도 눈물이 나기 시작했다. 너무 속상해하지 말라며 엄마가 초코바도 사주셨지만, 여전히 몹시 속상했다. 그래도 여기까지 왔으니 겉모습이라도 보자며 무민월드를 찾아갔다. 운 좋게도 인근 주민들을 위해 문이 열려있었다. 현지인 가족들과 함께 공짜로 입장! 비록 반겨주는 무민도 없고 무민의 집에도 못 들어가지만, 잠긴 문들을 덜컹덜컹 해보고 '흠 이곳에 무민이 산단 말이지? 오늘은 가을 휴가를 갔나봐' 하며 무민을 상상해본다. 둘러본 결과, 아이들용 테마파크라 비싼 입장료를 내고 들어갔으면 좀 아까웠을 것 같다!

Finland

쓰레기가 생기지 않는 나라

민정

부모라면 핀란드에 오고 싶을 것이다. 학벌보다는 인성과 인격을 우선시하고, 놀이를 통해 배우고, 성적표에 등수가 없으며 평등하면서도 눈높이에 맞는 교육을 실천하는 아이들의 천국.

낙오자에게도 기회가 있고, 미운 오리 새끼까지 수용하는, 그러면서도 무엇이든 잘 해내는 나라. 보잘것없는 것에서도 영감을 받아 멋진 작품을 만드는 예술가처럼 아이들을 교육하는 나라. 쓰레기가 생기지 않는 나라.

Finland

친구들에게

다인

항구 도시 투르쿠의 파란 하늘에 오렌지색 구름들이 춤을 추면서 노을이 진다. 여자애들이 선착장 대기실에서 둥그렇게 쪼그리고 앉아 자신의 긴 생머리를 매만지며 수다를 떤다.

나도 친구들이 보고 싶어서, 엄마가 있어도 외로울 때가 많아서, 친구들에게 잘 지내냐는 문자를 날렸다.

우리는 스톡홀름으로 가기로 했다.

나흐단!(우리 또 봐요!) 핀란드!

빛바래지 않은 푸르디푸른 하늘 아래서
새는 날고, 사람은 걷고, 나무는 자란다
세상이 굴러가는 것은 오직 이 단순함 때문이다

스웨덴

소소한 팁

- 스웨덴 물가는 핀란드보다 비싸다. 심지어 백화점 화장실도 유료다.
- 지하철 엘리베이터에서 소란을 피우는 사람이 있다면? 정신을 빼앗기지 말고 가방부터 단속하자. 어느 나라든 복잡한 장소에선 도둑 조심!
- 스톡홀름은 빈민가가 없고 비교적 밤에도 안전하며 야경도 끝내준다.
- 물가 비싼 스웨덴에서 가장 많이 먹은 음식은 냉동 라자냐와 바게트와 오렌지 주스. 한국보다 저렴하고 맛도 좋다. 배고픈 자여~ 슈퍼로 가라.

Sweden

고속도로보다 골목이 좋아

다인

스톡홀름 올드타운의 골목들은 아늑하고 신비롭다. 꼭 만화영화 속 공간을 그대로 옮겨놓은 것 같다. 첫 숙소는 〈하울의 움직이는 성〉의 한 장면처럼 긴 창문과 일정한 높이와 색깔의 건물들이 쭉 늘어선 좁은 골목 어딘가에 있었다.
개를 산책시키는 사람들 틈에 아빠 손을 잡고 나들이 가는 꼬마 여자애가 보이고, 고스트 투어에 참석한 사람들이 지나간다. 페인트공은 마을 분위기에 맞춰 회색 벽을 주황색으로 칠하는 중이다.
올드타운의 골목은 복잡한 미로처럼 빙글빙글 뒤엉켜 있다. 그래서 내가 걸음을 멈추는 곳이 길의 끝이 된다.

Sweden

고스트 투어

민정

16세기 덴마크, 스웨덴, 노르웨이는 '칼마르 동맹'으로 3국 연합체였다. 덴마크가 주도권을 가졌고 스웨덴은 종속적인 지위였는데, 이에 불만을 품은 스웨덴 귀족들이 반기를 들었다. 그러자 덴마크 국왕은 왕족과 귀족 80여 명을 스토르토리에트 광장에서 처형했다. '스웨덴 대학살'의 비극적 장소는 '피의 광장'으로, 시체가 던져졌다는 우물은 '피의 우물'로 불리고 있다.

이런 골목과 구시가지에 얽힌 괴담을 제공하는 것이 바로 고스트 투어다. 어둠이 내려앉으면 괴이한 이야기에 매혹된 사람들이 감라스탄(구시가지) 골목에서 판타지의 세계로 입장한다.

Sweden

크랭크 오르간

다인

16세기에서 20세기 전반까지의 스웨덴 사람들의 생활상을 보여주는 작은 민속마을 스칸센. 도우미들이 전통 복장을 입고 코스튬 플레이를 한다. 붉은 집들이 모여있는 골목, 검은 중절모에 빛바랜 회색 꽃무늬 조끼를 입은 아저씨가 크랭크 오르간(raffin)을 돌린다. 그 앞의 빵집에서는 하얀 조리용 모자를 쓰고 앞치마를 두른 뚱뚱보 아저씨가 문턱에 기대어 음악을 감상한다. 나도 연주자 아저씨 옆에서 악기가 돌아가는 소리를 듣는다.

pih

밤길을 걸었다
사람이 만든 빛들이 반짝거렸다
별보다 더 반짝거렸다

Sweden

불운에 꼬리를 밟히다

민정

스톡홀름에서 라트비아 리가로 떠나는 배를 타려고 지하철 엘리베이터에 올랐을 때부터 불운이 시작되었다. 다인이가 등에 멘 회색 배낭의 지퍼가 죄다 열려있었다. 다행이 자물쇠로 잠가둔 물건은 안전했다.

그때부터 정신줄이 흔들흔들. 세 정거장을 지나고서야 지하철을 반대로 탄 걸 깨달았다. 헐레벌떡 다시 갈아타고 겨우 도착한 선착장은 리가행이 아니었다. 비 오듯 땀을 흘리며 리가행 선착장을 찾았지만 배는 이미 떠났다. 리가행 배는 이틀 후에 있고, 탈린행 배는 토요일이라 만석. 다행이 추가 요금을 내고 리가행 표를 내일 출발하는 탈린행으로 바꿨지만, 당장 묵을 곳이 없다.

숙소를 알아보려고 와이파이가 되는 카페를 찾는 데만 1시간이 걸렸다. 간신히 찾은 카페에서 숙소를 검색한 지 20분쯤 지났을까, 카페 폐장시간이다. 우리는 주인의 배려로 숙소를 예약하고 스톡홀름 시내로 되돌아갔다.

새벽 4시가 되어서야 겨우 잠이 들었다. 꿈을 꿨다. 이솝우화에서 튀어나온 것 같은 여우가 낮고 가랑가랑한 음성으로 조언했다.

"불운은 꼬리에 꼬리를 물지. 사소한 불행에 흔들리다 꼬리를 밟히지 말라고!"

Sweden

초코바 사줄까?

민정

실자라인(유람선)을 둘러본다. 어느 방에서 까르르 아이들 웃음이 새어 나온다. 지쳐 쓰러진 다인이를 생각하니 안쓰럽다. 어제 배를 놓쳐 고생이 컸던 모양이다. 스톡홀름에서 탈린으로 향하는 배 안은 면세지역이라, 다인이가 매일 사달라고 조르는 초콜릿이 저렴하다. 한 번 잠들면 잡아가도 모르는 아이라 깨우기가 망설여진다. 대신 아이 귀에 "초코바 사줄까?"라고 조용히 속삭여본다.
순간, 다인이가 잠이 줄줄 흐르는 눈을 뜨고 묻는다.
"엄마 혹시 나한테 초코바 사준다고 했어?"
세상에! 한 줄기 빛처럼 초코바라는 소리가 들렸단다.

다인

탈린으로 가는 배에서 침까지 흘리며 깊은 잠에 빠져있는데, 어디선가 천사의 음성이 들려왔다.

“초코바 사줄까?”

이게 무슨 소리지? 깜짝 놀라서 깨어났다. 엄마가 눈앞에서 놀라고 있다. 아하하! 트윅스와 스니커즈 한 봉지씩 손에 쥐니 피로가 다 사라진 것 같다.

에스토니아

소소한 팁

- 유럽 간 이동 시 저가 항공을 잘만 이용하면 정말 저렴하다. 1만 원부터 가격이 형성돼 있다. 단 날짜가 촉박하면 가격이 몇 배로 오른다. 저가 항공을 이용할 때 체크인과 수화물 규정을 꼭 확인하자. 라이온 항공의 경우 웹 체크인을 하지 않으면 현장발권 수수료가 10만 원 가까이 된다. 또한 저가 항공은 대부분 기내용 캐리어를 제외하면 무료 수화물 서비스가 없다. 유료 수화물 요금은 현장보다 온라인이 저렴하다. 우리도 웹 체크인을 하지 않아 항공료보다 비싼 발권 수수료를 내고, 유료 수화물을 온라인으로 결제하지 않아 현장에서 30퍼센트나 비싸게 짐을 붙인 적이 있다. 짐이 많다면 유료 수화물 가격 때문에 저가 항공의 메리트가 사라질 수 있으니 잘 비교해볼 것.
- 에스토니아 버스에선 와이파이 사용이 가능하고, 국제학생증이 있으면 할인도 된다.
- 탈린에 머무는 5일 중 4일 동안 비가 왔다. 메쉬 소재의 운동화를 신었더니 비만 오면 발이 젖었다. 신발은 여행의 가장 중요한 동반자다. 신중하게 고르자.

Estonia

노래하는 혁명

민정

13세기 초부터 1991년 9월 독립할 때까지 주변 강대국의 지배를 받은 에스토니아. 800년 이상을 고유한 문화와 민족 정체성을 지키려 노력해온 그들에게 노래는, 핍박을 견디며 단결을 이끄는 중요한 무기였다. 1869년부터 타르투에서 대합창제가 시작되었다. 이는 라트비아와 리투아니아에 영향을 미쳐, 발트3국은 지금까지도 4~5년마다 '노래하는 혁명'이라 불리는 성대한 합창제를 연다.

Estonia

능글맞은 고양이

다인

엄마와 또 싸웠다. 항상 그렇듯 이유가 기억나지 않을 만큼 아주 작은 것에서 시작되었고, 또 항상 그렇듯 엄마의 논리적인 말발에 내가 졌다. 마음이 착잡하다. 비뚤어지고, 색이 바래고, 나무가 다 까진, 하늘이 비치는 창문으로 뚱뚱한 고양이 한 마리가 고개를 내민다. 저 고양이 녀석… 뭔가 능글맞다. 나는 고양이의 능글맞은 미소를 따라하며 나쁜 기분을 털어버린다.

Estonia

통과의례

민정

타루트 대학 신입생 환영회. 얼굴에 페인트를 칠한 게 신기해 물으니, 신입생이 부끄러운 짓을 하는 것이 통과의례란다.

> 새는 알을 깨고 나온다. 알은 곧 세계이다. 태어나려고 하는 자는 하나의 세계를 파괴하지 않으면 안 된다.
>
> _ 헤르만 헤세《데미안》

다른 세계로 가기 위해서는 그만한 대가가 필요하다.

흐르던 구름도 너무 예쁘다고 걸음을 멈추는
800년 역사를 담은 에스토니아 탈린
오래된 것은 아름답다

경찰차를 타다

민정

발가 정류장에 내려 낡고 으슥한 골목을 헤매다 숙소에 도착했다.
'마리아 호스텔. 오픈 17~22시.'
문 앞에 전화번호가 적혀있지만, 우리 휴대전화는 에스토니아 유심칩이 없어 전화가 되지 않는다. 지나다 본 경찰서가 생각나 다인이를 보냈다. 길치인 녀석이 제대로 찾을지 걱정이지만, 내가 영어를 잘하지 못하니 맡길 수밖에 없다. 잠시 후 다인이는 경찰차를 타고 구세주처럼 등장했다. 그러곤 활짝 웃으면서 외쳤다.
"주인이 오고 있어!"
사막에 떨어져도 죽지 않을 어마어마한 능력자로 보였다.

GAMES
PEOPLE
PLAY

라트비아

소소한 팁

- 기차를 반대로 탄 우리를 위해 차장 아저씨는 플랫폼을 빠져나가는 기차의 '멈춤벨'을 눌렀다. 소용없자 기관실로 달려가 기차를 세웠다. 라트비아에서는 길 잃은 여행객을 위해 달리는 기차도 세워준다.
- 에스토니아와 라트비아에서 빵모자는 할머니들 전용이다.
- 중앙시장에 가면 싸고 좋은 식재료가 많은데, 특히 생선튀김이 맛있다.
- 저가 항공인 위즈에어를 타기 위해 의자에 느긋하게 앉아있는데, 다른 사람들은 줄을 서서 기다린다. 알고 보니 좌석이 지정되어있지 않았다. 늦게 타면 일행과 떨어져 낯선 사람들 틈에 몸을 구겨 넣게 될지도 모른다.

Latvia

남편이란

민정

시굴다에 도착해 숙소를 찾는데 또 난관이다. 택시를 타지 않으니 숙소를 찾는 일이 만만찮다. 같은 자리를 몇 번 뱅글뱅글 돌고 있는데, 할아버지 한 분이 슈퍼히어로처럼 나타났다. 지도를 살핀 할아버지가 자신을 따르라며 앞서가려는 순간, 이번엔 할머니가 원더우먼처럼 등장했다. 할머니는 악당을 대하듯 할아버지를 크게 꾸짖으셨다. 머쓱해진 할아버지는 자전거를 타고 총총히 사라졌다. 지도를 들여다본 할머니는 걱정할 것 없다는 표정으로 앞장섰다. 곧이어 마술처럼 숙소를 찾아주셨다.

푹신한 침대에 누워 말이 통하지 않던 할머니 할아버지와의 상황을 반추해보았다. 아마 길을 헤매는 우리를 발견한 할머니가 할아버지에게 길을 알려주라고 했던 것 같다. 하지만 남편이 시원찮아 보이자 직접 출동하신 것이다.

역시 남편이란 젊으나 늙으나 미덥지 못한 존재인가 보다.

Latvia

슬픈 가난

민정

체시스행 버스에 함께 탄 라트비아 아주머니가 우리에게 중국인이냐고 묻는다. 환갑이 넘어 보이는 아주머니는 혼자 영어를 배웠다며, 오랜만에 실력 발휘라도 하고 싶은 듯 우리에게 여러 가지를 물었다. 1년간 여행을 한다고 하자, 돈이 엄청 들겠다고 했다. 유럽의 잘 사는 나라 사람들이나 여행을 좋아하는 사람들만 만나서였을까? 우리가 1년 동안 세계여행을 한다고 했을 때, 비용부터 생각하는 사람은 아무도 없었다. 문득 현재 라트비아가 처한 경제위기가 피부로 느껴졌다.
가난이 슬픈 것은 습관처럼 돈을 먼저 생각한다는 점 때문이다.

다인

복지가 잘 안 되어있어서 그런 걸까? 라트비아에는 동냥을 하는 할머니 할아버지가 많았다. 마트에서 저녁에 먹을 스파게티 면과 소스를 계산하려고 줄을 서있는데, 우연히 한 할머니의 장바구니에 든 빵 두 개를 보게 되었다. 마트에서 파는 빵 중에 가격은 가장 싸고 양은 비교적 많은 빵이었다. 분명 덜 맛있을 것이다. 그 빵 두 개가 라트비아라는 나라를 말해주는 듯했다. 항상 음식 투정을 하던 내가 부끄러웠다.

Latvia

도둑

다인

매일 메고 다니는 회색 가방에 또 도둑이 들었다. 그런데 아무것도 없어지지 않았다. 돈은 다 엄마 복대에 있고, 가방에는 내 스케치북과 점심에 먹다 남은 바게트밖에 없다. 하하! 저번에 스웨덴에서 도둑이 들었을 때는 정말 깜짝 놀랐다. 계속 심장이 뛰었고, 어찌할 줄 몰라 정신 못 차리다 배까지 놓쳤다. 그런데 지금은 '아~ 그렇군. 또 도둑이 들었군' 정도의 반응밖에 나오지 않는다.

언젠가는 도둑을 쫓아낸 브레멘 합창단의 멤버가 되는 건 아닐까?

그래도 내 소중한 바게트를 훔쳐 갔으면 정말 속상했을 거야!

Latvia

거리의 악사

민정

같이 방을 쓰는 할머니가 추천한 오르간 연주회를 포기하고, 항상 지나치기만 했던 광장의 첼로 연주자를 찾았다. 돌바닥이 차가웠지만 나도 다인이도 투덜대지 않는다. 우리는 아무도 보지 않는 공연의 유일한 관객이다. 우리의 관심 때문인지 신기하게도 사람들이 하나둘 다가와 첼로 연주를 듣기 시작했다. 다른 날에 비해 동전과 지폐로 풍성해진 첼로 케이스에 동전 몇 닢과 다인이가 그린 그림을 보탰다. 악사는 연주를 멈추지 않으면서 우리에게 고맙다는 인사를 건넸다. 광장을 빠져나올 때까지 음악은 멈추지 않았다.

자! 이제 낭만과 예술의 도시 파리로 떠나자.

프랑스

소소한 팁

- 보베 공항에서 시내로 들어오는 셔틀버스는 인터넷으로 예약 시 1유로 저렴하다.
- 파리의 경우 비싼 물가를 고려하면 숙박과 두 끼를 제공하는 한인민박이 가성비는 최고.
- 매월 첫째 주 일요일엔 중세박물관이나 퐁피두센터 등 여타의 박물관이 무료로 개방된다.
- 님의 인포메이션에는 한국어 가이드북이 있다. 많이 이용해서 사라지지 않게 하자!
- 프랑스 남부는 낮 12시부터 2시까지 상점, 호텔, 관공소, 뮤지엄, 교회 등이 문을 닫는다.
- 방스에 있는 〈마티스 예배당(로자리오 예배당)〉은 일요일엔 문을 열지 않는다.

France

진실 혹은 거짓

민정

죄수번호 280번. 프랑스 왕 루이 16세의 부인이자 프랑스의 마지막 왕비인 마리 앙투아네트가 콩시에르쥬리 감옥에서 불린 죄수번호다. 죄목은 여러 가지지만 대부분은 소문에 편승해 만든 거짓이었다. 베르사유 궁전에서 난잡한 섹스 파티를 열고, 수백만 리브르의 돈을 오스트리아로 빼돌리고, 어린 루이 17세를 프랑스의 새로운 왕으로 선포했다는 것도 거짓이었다. 그중에서도 제일 심각한 죄목은 아들과의 근친상간.

그녀의 판결은 이미 혁명당국에 의해 결정되어있었기에 재판은 형식적이었다. 재판이 시작된 지 이틀 후인 1793년 10월 16일, 마리 앙투아네트는 비극적인 삶을 마감하고 단두대의 이슬로 사라졌다.

시테 섬 서쪽, 가장 오래된 건축물 중 하나인 콩시에르쥬리는 필리프 4세에 의해 파리 최초의 궁전으로 건축되었다. 그러다 1391년 궁전에서 감옥으로 용도가 변경되었다. 지금은 국립 역사기념관과 파리 법원으로 사용 중이다.

어쩐지 변화무쌍한 회오리의 도시, 파리. 우리가 알고 있는 역사는 어디까지 진실이고, 어디까지 거짓일까? 우리가 진실이라고 믿는 역사는 누군가가 진실이라고 정해준 역사에 지나지 않는다.

그러니 끊임없이 의심해야 한다. 그것만이 진실에 가까워지는 유일한 길이다.

France

파리의 꿈

다인

커다란 에펠탑 밑, 바글거리는 사람들….

나는 여행을 떠나기 전부터 파리에 오면 꼭 하고 싶은 한 가지가 있었다. 바로 흐리고 바람 부는 날에 에펠탑이 정면으로 보이는 2층 카페에 앉아 치즈를 뜯어먹는 일이다. 왠지 그 상상은 내게 굉장히 낭만적으로 다가왔다.

드디어 에펠탑에 간 날, 치즈를 사서 뜯어먹었다. 다만 에펠탑 앞 잔디밭에서. 원하던 대로 날씨는 흐리고 비가 오고 바람이 불었지만, 아쉽게도 2층 카페는 없었다. 잔디밭에서 먹는 체다 치즈의 맛은… 구렸다! 치즈는 역시 촌스러운 슬라이스 치즈지!

France

초와 1유로

다인

몽마르트르 성당 꼭대기 사크레쾨르 사원, 사람들이 1유로를 주고 초를 산다. 성당 밖 계단에서는 아랍 여자들이 제발 1유로만 달라며 구걸을 한다. 성당에 초는 밝힐 수 있어도 길거리에 나앉은 가난한 사람들은 도와줄 수 없는 건가? 거리의 빈민을 도와주느라 초를 밝히지 못했다고 기도하면 신은 이해해주실 텐데….

하지만 나도 나 자신을 위해 더 좋은 옷을 입고 싶고, 더 많은 음식을 가방에 넣어 다니고 싶다. 그것처럼 사람들도 자신의 만족을 위해 초를 밝히고 싶은 것일지도 모르겠다. 그게 나쁜 건 아닌 것 같은데… 도대체 뭐가 잘못된 걸까?

France

파리지엥

민정

시크한 여자와 위트 있는 남자.

산책하는 개와 뚱뚱한 고양이.

몽마르의 화가 물랭루즈의 무희.

에펠탑 아래의 회전목마.

France

베드버그

민정

두드러기가 심하다. 끔찍했던 첫 번째 숙소에서 베드버그에 물린 것 같다. 말 그대로 침대에 서식하는 베드버그는 사람에 따라 2주 이상 알레르기를 일으키고, 관리를 잘못하면 흉터까지 남는다. 게다가 짐이나 사람을 따라 이동해 전염을 시킨다.

베드버그 때문에 숙소를 옮겼지만 지금의 숙소를 전염시킬지도 모른다는 불안에 잠이 오지 않는다. 여행 와서 처음으로 집에 가고 싶다는 생각이 든다. 얼굴부터 발까지 퍼진 알레르기보다 남들에게 피해를 끼치는 게 더 무섭다. 의사는 확실치 않다지만, 아무리 생각해도 베드버그 같아서 방역 스프레이를 사서 내가 머문 모든 곳에 뿌렸다. 전염병 환자의 심정을 조금은 알겠다. 내가 아픈 것 보다 나로 인해 생길 피해가 더 무섭다.

France

누군가 나를 통해 한국을

민정

음식도 잠자리도 죄다 비싼 파리에선 한인민박에 머무는 게 더 이득인 것 같다. 두 끼 식사가 제공되기 때문이다. 게다가 저녁메뉴는 생태탕, 제육볶음, 육개장, 라조육까지 진수성찬이다. 러시아에서 주방장이었던 조선족 주인아저씨의 음식 솜씨가 일품이다.
사실 조선족에 대한 이미지가 좋지 않았다. 내가 겪어본 유일한 조선족은 같은 민족을 운운하며 징글징글하게 등골 빼먹던 가이드뿐이었기 때문이다. 5일간 아저씨의 따뜻하고 정성스러운 밥을 먹으니 그런 생각들은 싹 날아갔다.
여행을 다니다 종종 한국을 잘 모르거나 한국인을 처음 보는 사람들을 만난다. 그들은 우리를 통해 한국을 느낄 것이다. 나와 다인이는 그들에게 어떤 한국을 보여주고 있을까?

France

파리의 우울

다인

낮의 사크레쾨르 사원은 그야말로 음침하고 무서웠다. 하얀색 벽, 군데군데 거뭇해진 얼룩들이 세상의 끝에 도달한 듯 오싹했다. 밤의 사크레쾨르 사원에는 비가 왔다. 정문에 서서 한참 비 오는 모습을 바라봤다. 성당 기둥 아래 고여있던 빗물은 더 많은 비가 내리자 성당 바닥의 굴곡을 따라 흘러갔다. 빗물도 굴곡이 있어야 앞으로 나아가는구나.

사람들은 살기 위해서 여기로 몰려드는데, 나는 오히려 사람들이 여기서 죽을 것 같다는 생각이 든다.

내가 본 파리의 느낌은 언젠가 아빠가 좋다고 해서 읽었던《말테의 수기》첫 문장 같았다. 기대에 부풀게 했던 몽마르트르 언덕의 야경은 그저 그렇고, 골목들은 답답하고 스산했다. 거리는 낭만이 아니라 쓰레기로 덮여있고, 사람들의 표정은 몹시 지쳐 보였다. 내가 만난 파리는 내가 생각한 파리가 아니었다. 그런데도 나는 파리의 야경을 보며 미소를 지었다.

France

이상한 시스템

민정

툴루즈로 가는 TGV, 사람이 거의 없다. 창밖으로 목가적인 풍경이 펼쳐진다. 내릴 때가 다 되어가는데 티켓 검사를 하지 않는다. 프랑스에선 버스도 기차도 지하철도 티켓 검사가 느슨하다. 대신 불심 검문을 하는데 이때 걸리면 요금의 몇 배를 벌금으로 내야 한다.
우린 파리에 있는 동안 일주일간만 사용 가능한 '나비고'라는 만능 교통카드를 사용했다. 월요일 아침 버스를 탔을 때, 정말 일주일이 지나면 사용이 안 되는 걸까? 궁금했다. 버스카드를 찍자 카드 이용기한이 끝났다는 표시가 떴다. 기사가 그냥 들어가라고 해서 새로 산 카드를 찍지 않고 안으로 들어갔다.
한데 한 정거장이 지나자 경찰들이 버스에 탔다. 우린 검문에 걸려 버스에서 내릴 수밖에 없었다. 사정을 설명하고 새 카드를 보여줘도 통하지 않았다. 같이 내린 아랍인 남자는 벌금을 내라고 하는 경찰에게 돈이 없다고 말했다. 1인당 50유로, 우리 돈 6만 5천 원의 벌금 때문에 차도르를 쓴 아주머니는 서럽게 울고 있었다.
외곽이라 버스에 탄 사람 대부분이 백인이 아닌 아랍계와 흑인이었다. 잘 사는 지역에선 이런 검문조차 하지 않을 것 같았다. 가난해서 무임승차할 가능성이 높다는 것을 뻔히 알고 있는 것이다. 불심검문이라기보단 함정수사 같은 기분이 들었다. 유혹을 만들어놓고 양심에 맡긴다고 한다. 그러곤 단속을 한다.

사람은 상황에 약하다. 시스템은 그걸 이용한다.

France

끔찍한 긴장감

다인

지금까지 우리가 다닌 도시들의 ATM 단말기는 항상 길가에 칸막이도 없이 위치하고 있었다. 그래서 난 엄마가 돈을 찾을 때면, 언제나 엄마를 가로막고 도로 쪽을 보며 서있는다. 누군가가 달려와 돈을 가로채 가지 않게 매의 눈으로 감시하면서.
낮에는 양팔을 꼬은 채 '내가 너를 지켜보고 있으니 딴 생각은 꿈에도 말라!'며, 지나가는 사람마다 눈을 부릅뜨고 뚫어져라 쳐다본다. 밤에는 양팔을 벌려 엄마를 가로막거나, 그게 너무 눈에 띄면 나를 뚫고 들어올 가능성이 있는 모든 각도의 길을 빠르게 걸어 다닌다.
엄마는 나에게 쓸데없는 걱정이라고 했지만, 혹시라도 소매치기를 당하면 너무 억울할 것 같아서 편히 쉬고 있을 수가 없다. 엄마가 돈뭉치를 뽑으면 빠르게 엄마한테 다가가 다시 주위를 경계한다. 엄마는 무슨 배짱인지 느릿느릿 안주머니에 돈을 넣는데, 그럴 때마다 나는 끔찍한 긴장감을 느낀다.
툴루즈에서 길을 걷다 우연히 본 세 남자의 모습은 우리와 닮아있었다. 한 남자는 돈을 찾고, 두 남자는 사람들이 오가는 길가를 바라보며 주위를 경계한다. 나만 알 것이다. 그 두 사람의 긴장감을.

France

자전거 대여

민정

다인이는 돈에 대한 관념이 없는 아이였다. 천 원을 주든 만 원을 주든 들고 나가면 다 쓰는 타입이었다. 그런데 여행을 다니고부터 구두쇠로 변했다. 도리어 내가 사는 것까지 말릴 정도다.

자전거를 빌리려고 하자 무슨 문제인지 이전에 빌린 자전거가 반납이 되지 않았다는 메시지가 뜬다. 이럴 경우 한 대에 150유로의 보증금이 자동으로 빠져나간다. 문제가 생기면 전화하라는 번호로 연락했지만 받지도 않는다. 오후 4시 30분부터 저녁 8시까지 사람들이 가보라는 곳을 모두 쫓아다녔지만 소용없다.

결국 애를 태우며 동분서주하던 다인이가 울음을 터트렸다. 괜찮다고 300유로 잃어버렸다고 생각하라고 했지만, 위로가 되지 않는 모양이다. 300유로면 프랑스에서 한 번도 못 갔던 레스토랑을 열 번은 갈 수 있는 돈이라며, 지금까지 먹고 싶은 것도 하나도 못 사 먹었다고 억울해한다. 게다가 자기는 조급한데 느긋해 보이는 엄마 때문에 더 속이 터지고 야속했던 모양이다.

반면에 나는 여행 중에 문제가 생겼을 때 돈으로 해결할 수 있는 일만큼 쉬운 해결책도 없다며 스스로를 달랬다. 아까운 것이야 생각하면 할수록 스트레스만 되니 잊는 게 상책이다. 결국 자전거 문제는 다음 여행지인 카르카손에 도착하고도 이틀 후, 우리 일을 도와주기로 했던 호스텔 직원 덕분에 잘 해결되었다. 다인이는 다시는 자전거를 타지 않을 거라고 씩씩대면서도 모처럼 해맑게 웃는다. 레스토랑 열 번은 힘들어도 원하는 맛난 음식 한 번은 사줘야겠다.

France

휴식

민정

일의 능률과 휴식의 질을 중시하는 프랑스에선 일요일이면 가게 대부분이 문을 닫는다. 그래서 프랑스 사람들은 토요일에 사재기를 한다. 주말 동안 먹고 마시고 즐길 물건을 토요일에 장만하는 것이다. 일요일 오후가 되면 그야말로 빵 하나 살 곳이 없다. 파리는 관광지라 이런 현상이 뚜렷하지 않았는데, 남프랑스로 내려오니 사정이 달랐다. 오랜만에 모든 시설이 갖춰진 아파트에서 묵지만, 아무 생각 없이 주말을 맞은 우리는 식재료가 없어 손가락만 빤다.

다인

단 이틀뿐이지만, 우리가 소유할 수 있는 첫 냉장고였다. 냉장고 문을 열었다. 위이이잉~ 냉장고가 텅 비어있다. 마음이 헛헛하다. 다시 열어본다. 위이이이잉~ 냉장고를 자꾸 연다고 치킨, 삼겹살, 갈비, 회, 아구찜, 매운탕이 생겨날 리가 없다.

France

모이즈 아저씨는 섬세해

다인

코인 세탁방에 빨래를 하러 갔다가 모이즈 아저씨를 만났다. 모이즈 아저씨는 짧은 영어와 손짓으로 자신의 과거를 설명했다. 파리에 살던 아저씨는 일이 너무 힘들고, 사람이 적은 곳에서 살고 싶어 나르본으로 왔다고 했다.

나는 나르본의 좋은 곳을 추천해줄 수 있냐고 물었다. 아저씨는 근처 샹송 바를 추천하며 그곳 음악은 나르본에서 최고라고 말한다. 또 그곳 스파게티는 꼭 먹어봐야 한다고. 그런 다음 내 작은 지도 한 모퉁이에 초록색 사인펜으로 약도를 그리며 찾아가는 길을 설명했다. 도중에 "car slowly"라고 말하며, 손으로 언덕 모양을 만들어 방지턱을 설명했다. 그 섬세함에 당황해서 웃음이 터졌다. 내 웃음에 아저씨도 따라 웃었다.

France

위험한 장난

민정

"엄마가 네 인생을 두고 위험한 장난을 하고 있는 게 아닐까?"
"걱정 마. 난 어딜 가도 잘할 거라고 결심했으니까."
여행 전 체력을 키운답시고 밤 산책을 다니던 어느 날, 다인이와 이런 대화를 나눴다. 무책임한 결심인데도 어딘가 안심이 되었다. 몽펠리에의 한 공원에서 위험한 장난을 치고 있는 아이들을 만났다. 아슬아슬해서 조바심이 생겼다. 우리 여행도 남이 보기엔 대책 없고 아슬아슬해 보일지도 모른다. 그래도 괜찮다.
떨어지면 아프기로 결심했으니까.

France

누구의 것도 아닌

다인

프랑스에서 가장 오랜 역사를 자랑하는 '몽펠리에 식물원'으로 가는 길이었다. 잔디밭 옆 흙길에서 뚱뚱하고 몸집이 커다란 고양이가 걷고 있었다. 갑자기 어디선가 예쁜 여자아이가 나타나더니 고양이를 끌어안고 잔디밭에 있는 돗자리로 갔다. 얼마 후 뚱보 고양이는 다시 흙길로 나왔고, 나는 잠시 고양이를 쓰다듬었다. 얼마나 무거운지 안아보려고 하자 고양이는 잽싸게 달아나 버린다.
식물원을 다 둘러보고 집에 가는 길, 뚱보 고양이가 길 끝에서 발을 핥고 있다. 그리고 아까 본 그 여자아이가 다시 등장했다. "너네 고양이니?"라고 물으니 뜻밖에도 아니란다. 곧이어 여자아이는 고양이를 번쩍 안아 들고는 잔디밭에 있는 돗자리로 향한다. 알고 보니 돗자리에 앉아있던 어른들도 여자아이의 부모님이 아니었다. 고양이도 여자아이도 어른들도 서로의 가족이 아니었지만, 단란하게 간식을 나누어 먹고 있었다.
서로서로 누구의 것도 아닌, 멋진 풍경이었다.

France

닮고 싶은 도시

민정

님(Nimes)은 깨끗하고 정돈된 인상이다. 인포메이션도 역대급으로 친절하고, 명확한 설명이 담긴 한국어 가이드북까지 준비되어 있다. 이런 서비스는 여행 와서 처음이라 감동이다. 일반적으로 아레나(원형경기장)하면 로마의 콜로세움을 떠올리지만, 아레나 중 보존 상태가 가장 좋은 곳은 님이다.
님의 아레나는 마주하는 순간 사람을 압도하는 감동이 있다. 사실 님의 유적은 아레나를 제외하면 고대 신전인 메종 카레와 로마시대 망루 마뉴 탑 정도다. 유형문화재가 풍부하진 않지만, 최선을 다해 보존하고 부족한 부분은 스토리텔링 등의 콘텐츠로 채우고 있다. 관광산업을 극대화하려는 그들의 노력이 도시 구석구석에서 느껴진다. 관광객이라면 님을 인상적인 도시로 기억할 수밖에 없다.

France

여행

다인

아를의 시청 앞 광장에서 바람을 만졌다. 여행을 하면서 조금씩 더 나를 알아가고 있는 것 같다. 꾸준하게 또 느리게 배우고 있는 중이다. 그런데 하루가 너무 짧다. 내 다리도 너무 짧다. 하루에 이 다리로 갈 수 있는 곳은 많지 않다.
하지만 신이 하루를 더 늘리거나 나의 다리를 더 길게 늘려준다 해도, 그건 사양할 것이다. 침대로 돌아와 발을 쭉 뻗고 자는 것을 기다리는 것, 내일 만날 새로운 인연을 기대하다 지쳐 잠드는 것도 여행이니까!

France

파히다 아주머니

다인

아비뇽 인근 소도시들을 구경하기로 한 우리의 첫 번째 행선지는 샤또뇌프 드 가다뉴. 금발 곱슬머리에 턱이 두 겹으로 접힌 넉살 좋아 보이는 아주머니가 버스 타는 곳을 알려주었다. 우리는 현금이 없어 먼저 ATM 단말기가 있는 기차역으로 들어갔다. 그러자 그 아주머니가 땀에 젖은 짧은 머리를 휘날리고 눈물까지 흘리며 뛰어왔다.

"여기가 아니야. 날 따라와!"

그녀의 이름은 파히다. 우리가 자신의 말을 잘못 알아들었다고 생각하고 달려온 게 너무 고마웠다. 나는 파히다 아주머니에게 감사의 포옹을 했다. 파히다 아주머니 같은 분들 덕분에 여행이 즐겁다.

France

수상한 마을

다인

샤또뇌프 드 가다뉴, 수상하다, 이 마을.

가는 길마다 창문이 활짝 열려있고, 특히 할머니들이 너무 많다.

혹시 할머니들 앞치마 밑에서 200살까지 산다는 신비의 약초가 밀거래되고 있는 건 아닐까?

역시… 수상하다!

France

잠에서 깬 고양이

다인

나는 발소리가 크다. 그날도 어김없이 발자국을 쿵쿵 찍으며 골목의 낮은 계단을 올라가고 있었다. 끼이익. 낡아서 삐걱거리는 문이 기울어졌다. 그때 갑자기 닥친 손님 때문에 머리도 빗지 못했다는 듯, 부스스한 털을 가진 고양이가 나타나서 묻는다.

"어쩐 일이세요?"

안타깝게도 나는 프랑스 고양이의 말을 알아듣지 못해 대답하지 못했다.

France

아름다운 시절

민정

여행을 떠나오기 전 다인이는 무엇을 위해 공부를 해야 하는지 모르겠다고 했다. 그림을 그리고 싶다는 생각은 있지만, 재능이 있는지도 간절히 원하는지도 모르겠다고….

다인이에겐 꿈을 찾을 시간이 필요했다. 어렴풋한 꿈이라도 응원해주고 싶었다. 그림이 아니라 또 다른 꿈을 꿔도 좋으니, 하고 싶은 게 있다면 족하다고 생각했다. 그래서 우린 꿈을 찾아 여행을 떠나기로 했다. 다른 것은 모두 무작정이지만 그것만은 명확했다.

"당신은 17살 때 어떤 꿈을 꾸었나요?"

다인이는 러시아에서도, 핀란드, 스웨덴, 에스토니아, 라트비아 그리고 프랑스에서도 길 위의 사람들에게 묻는다. 꿈을 찾을 때까지 질문을 멈추지 않을 것 같다.

훗날 다인이에게 꿈이 무엇이었냐고 물으면, 17살에는 그림을 그리고 싶었다고 말할 것이다. 꿈을 이뤘든 이루지 못했든 그 시절이 있어 좋았다고 말할 수 있기를….

Art Coiffure

France

프리허그

다인

아름다운 도시라는 사람들의 말과 다르게 아비뇽은 별다른 특색이 없는 정말 흔하디 흔한 도시였다. 배나 채울 생각으로 까르푸에서 식량을 마련한 뒤 숙소로 향하고 있는데, 내 나이 또래의 소녀들 스무 명 정도가 다가왔다.

"프리허그를 하고 있어요!"

마논이라는 여자애가 말했다. 우리는 통성명도 없이 서로를 껴안았다. 나는 키 큰 소녀들 사이에 파묻혀 안경도 떨어트릴 뻔했다. 내 소개를 하고, 그들에게 각자의 나이와 이름, 프리허그를 하게 된 이유를 물어보았다. 자신들은 One Direction(영국의 아이돌밴드)과 Thirty Seconds to Mars(영국의 3인조 록밴드)의 팬이라고 했다. 좋아하는 가수가 팬들에게 프리허그를 해주어서 자신들도 프리허그에 나섰다고 한다. '1D(one direction의 약자)'라고 적힌 표지판을 들고 말이다. 나도 중학교 때 1D의 노래를 들었다.

잠깐이지만 오랜만에 또래 사이에 내가 있었다. 옛날 같으면 무척 부러웠을 테지만 이제는 별로 부럽지 않다. 지금은 혼자일 때도 행복한 법을 배웠기 때문이다. 엄마도 나와 같을 것 같다. 우리 둘은 같이 다녀서 서로 의지가 되고 행복하지만 한편으로는 철저히 혼자이기도하다.

France

여행 법

민정

남프랑스의 작은 마을을 둘러보는 방법을 고민하다, 버스를 타고 아비뇽을 중심으로 인근 마을을 돌아보기로 했다. 구글에서 마을 이미지를 찾아 마음에 드는 곳이 있으면 무작정 가보기로 한다.

하지만 여느 시골과 마찬가지로 버스가 하루에 몇 대뿐이 운행되지 않아 찾아가는 일이 막막하다. 국제면허증을 가지고 오긴 했지만 장롱면허라 운전도 못한다. 버스밖에 길이 없다. 창구직원이 예쁜 마을이라며 추천한 구(Goult)행 버스를 탔다.

이럴 수가! 내려보니 마을이 없다. 버스는 이미 떠났는데…. 마을은 비탈길을 1.5킬로미터나 올라가야 나온단다. 다인이가 'GOULT'라고 쓴다. 그러고는 쭈뼛쭈뼛 스케치북을 들었다.

France

히치하이킹

다인

구에서 한 번, 구에서 보니유 근처까지 한 번, 보니유 시내까지 또 한 번, 다시 버스정류장까지 한 번, 네 번 모두 히치하이킹에 성공했다. 엄마가 히치하이킹을 제안했을 때 나는 위험하다고 말렸다. 스케치북에 'GOULT'라는 단어를 쓰면서도, 사람들이 나를 거절할까 봐 손이 떨릴 만큼 걱정되었다. 하지만 엄마가 제발 하자는데 어쩌겠나. 나는 'GOULT'가 적힌 스케치북을 들었다.

피켓을 보고도 그냥 지나치는 차에 실망한 내게 엄마는 가끔 상황이 되는 사람들이 '예스'라고 할 뿐 많은 사람이 거절부터 한다고 말했다. 네가 운전자라도 그 마음은 같지 않겠냐고. 휴, 그런데 나는 거절을 당하는 게 정말 무섭다. 최근까지도 모든 사람이 나를 좋아해야 한다고 생각했다. 그래서 거절을 '나라는 사람이 싫다'라는 의미로 들었다. 그게 무서워서 시도하지 않았던 것이 정말 많았다. '그 사람들이 나를 싫어하게 되면 어쩌지? 거절을 당하면 나는 상처받을 거야'라고 생각하며 피해왔었다.

여행을 와서 내가 하지 않았던 것들, 나 혼자라면 피해갔을 것들을 조금씩 시도한다. 역시 해보니 '무서워할 것이 아니구나, 정말 별것 아니구나' 하고 느낀다. 해보기도 전에 앞날을 먼저 걱정하며 시도조차 안했던 지난날의 내가 바보 같다. 그리고 지금의 내가 대견하다. 사실 아직도 많은 일이 무섭고 낯설지만 계속 도전하며 그 과정을 즐겨볼 생각이다.

France

나의 생트 빅투아르 산

다인

버스를 타고 폴 세잔이 약 20년 동안 매일같이 그렸다는 생트 빅투아르 산을 본다. 휴대전화에 담은 폴 세잔의 그림과 실제 생트 빅투아르 산을 비교해본다. 그러고는 '어떻게 하면 나만의 생트 빅투아르 산을 기억할 수 있을까?' 하고 생각한다. 결국 뚜렷하게 남는 기억은 대각선 자리에 앉은 중년 아저씨가 아닐까? 그는 코를 후비고 있었다.

France

파브르와 방투 산

민정

살다 보니 좋아하는 것도 달라진다. 30대까지 식물은 심심해서 싫었다. 요즘은 꽃과 나무를 무심코 보는 때가 많다. 다인이가 "엄마가 늙었나 보다"라고 놀려대고서야, 내가 꽃과 나무를 좋아하게 되었다는 것을 알았다.
하지만 마흔이 되어도 곤충만은 좋아할 수가 없다. 징그러운 생김과 독특한 생태는 여전히 낯설다. 그런데도 《파브르의 곤충기》를 읽었다. 《파브르 평전》을 읽고 그 인간적인 매력에 빠져 시도했던 책이다. 물론 인내심에 한계를 느끼고 포기했지만….
암튼 나는 파브르라는 올드한 곤충학자를 좋아한다. 그의 업적 때문이 아니라, 그가 삶을 바라본 방식과 태도가 아름답기 때문이다. 온화하고 겸손하고 소박하고 정직하면서도 규칙적인 생활을 한 사람.
내가 읽은 곤충기의 첫 부분은 방투 산에 오른 이야기로 시작된다. 당시 사람들은 산새가 험하고 기후가 수시로 바뀌는 방투 산을 영험한 산이라고 생각했다. 파브르는 곤충을 관찰하기 위해 이곳을 서른네 번이나 올랐다고 한다. 파브르와는 달리 방투 산에 오르지는 못했지만, 거대하고 척박한 돌산은 올려다보는 것만으로도 감동이다. 잠잘 때 외엔 결코 벗지 않았다는 챙 넓은 검정색 모자를 쓰고 파브르가 저 산 어딘가를 걷고 있을 것만 같다.
나의 가슴속에 새겨진 그의 말을 되새겨본다.

> 책을 통해 연구하는 대신 다른 사람들에게 문의하는 대신, 나의 관찰 대상들을 고집스럽게 바라볼 것이다. 그래서 그것들이 말을 하게 할 것이다. 나는 아무것도 모른다. 그럴수록 더욱 좋다. 왜냐하면 나의 질문들은 그만큼 더 편견이 없어질 것이기 때문이다.
> _ 마르틴 아우어 《파브르 평전》

마을이 품은 길도, 그 길을 걷는 사람들도
모두모두 가을볕의 들판처럼 환할 것 같아서
짐을 풀고 머물고만 싶었던, 산악마을 고르드

France

미스트랄

민정

겨울 프로방스에는 괴력의 바람 미스트랄이 분다. 영국 작가 피터 메일이 《프로방스에서의 1년》에서 살짝 열어둔 창문이 통째로 뜯겨 나가는 경험을 했다고 기술했을 정도의 위력이다. 이런 환경 탓에 프로방스 사람들은 방풍림을 심고, 정원에 두꺼운 담장을 설치하고, 창문을 작게 만든다.

프로방스 하면 떠오르는 알록달록한 덧창문과 단단한 돌담집은 자연을 견디기 위한 이곳 사람들의 절규이자 지혜, 또한 이를 멋지게 포장해내는 센스다.

France

오래된 것에 대하여

다인

남프랑스의 소도시들이 좋았지만 너무 많이 돌아다녀서인지 점차 지겨워졌다. 그러다 화창한 날과 활기찬 사람들이 오가는 엑상프로방스에 도착하는 순간, 정신이 번쩍 들었다. 특히 골동품 시장에 홀딱 반했다. 나는 오래된 것들이 정말 좋다. 오래된 물품에서 풍기는 옅은 곰팡이 냄새의 자연스러움이 좋고, 요즘 노래와는 달리 촌스럽지만 부르는 사람의 마음이 들리는 오래된 노래가 좋다. 또 창가에 아무렇게나 널브러진 빨래와 노란 고양이가 고개를 빠끔 내미는 오래된 골목과 그 골목이 가진 오래된 이야기가 좋다.

민정

3일에 한 번 시청 근처에서 장이 선다. 골동품이 꽤 많다. 우리는 그동안 일정과 짐 때문에 구경만 하다가, 오늘 처음으로 1유로 하는 옛날 잡지에서 오려낸 그림 여섯 장과 러시아 작가의 프랑스어 그림책을 10유로에 샀다.

저녁을 먹은 뒤, 다인이는 그림들을 보고 또 봤다. 구겨지니까 침대에서 그만 좀 보라고 해도 "제발 날 좀 가만히 나둬!"라고 아주 대놓고 짜증을 낸다. 다른 날이라면 엄마한테 하는 태도가 그게 뭐냐며 말싸움을 시작했을 텐데, 그것들이 주는 기쁨을 종일 귀 아프게 들어서인지 오히려 흐뭇하다.

France

엄마와 나

다인

길을 걷는 동안 엄마와 많은 이야기를 나눴다. 점점 엄마라는 단어가 주는 부담보다 여행의 동반자가 되는 것 같은 편안함을 느낀다. 하지만 노상 엄마는 잔소리가 많고, 우리는 시도 때도 없이 벌컥벌컥 싸운다. 그럼 나는 또 생각한다. '아~ 파란만장한 하루가 시작되었구나!' 그런데 이제는 약간 알 것 같다. 우리가 더 많이 싸우는 이유는 남들보다 더 많은 이야기를 나누고 더 오래 함께 있기 때문이라는 것을.

France

특별하지 않음

민정

분홍 점퍼를 입은 아주머니가 리트리버를 산책시키고 있었다. 우리는 홀린 것처럼 리트리버를 따라 공원으로 들어갔다. 올리브나무 사이로 북적대는 사람들이 보였다. 휴일이 아닌데도 사람들은 각자의 놀이에 빠져있었다. 문 닫기 전에 샤갈 미술관에 가야 하는데 떠나기가 싫다.
공원 카페에서 다인이는 피자를, 나는 커피 한 잔을 시켰다. 신발을 안 신은 노숙자 아저씨가 카페 주인에게 다가가 말을 걸었다. 아저씨는 노숙자에게 따뜻한 커피 한 잔을 대접해주었다. 결국 우린 샤갈 박물관에 가지 못했다.

France

퍼그

민정

올드시티의 어느 레스토랑 앞, 퍼그 한 마리가 쓸쓸히 앉아있다. 가던 길을 멈추고 퍼그를 쓰다듬었다. 한국에 두고 온 개 세 마리가 그리워졌다. 덩그러니 앉아 현관문을 자꾸 보고 있을 것만 같았다. 돌돌이, 몽이, 히토. 잘 지내고 있니?

다인

기분 좋은 바다색을 한 해변의 파라솔과 동글동글 굴러다니는 해변의 돌멩이와 쨍쨍한 햇볕과 쾌적한 산들바람 그리고 무엇보다 아름다운 지중해. 거의 매일 보는 지겨운 구시가지도 니스에서는 새롭다. 골목길의 8유로짜리 스카프들과 슬리퍼들, 풀이 죽어있던 침이 줄줄 흐르는 애교 많은 퍼그, 사람들로 붐비는 커다란 광장이 뿜어내던 음식 냄새, 햇살 아래의 밝은 골목과 어두침침하고 눅눅한 골목. 다시 그 퍼그에게 돌아가 얘기해주고 싶다.
"남들이 주는 사랑만을 기다리며 풀 죽어있지 말고, 이곳에서 스스로 행복을 찾아봐. 넌 정말 멋진 곳에 살고 있다고!"

France

비바람이 치는 날

다인

폭우가 쏟아지는 니스에 굶주린 자가 나타났다!
엄청난 비바람이 몰아치는 오후, 배가 너무 고파서 견딜 수 없다고 생각했다. 가지 말라고 말리는 엄마를 무시하고 남색 땡땡이 우비에 화려한 할머니 우산까지 쓰고 슈퍼로 향했다. 완벽한 준비를 했다고 믿었지만, 너무 심한 비바람에 앞이 잘 안 보였고 레깅스와 티셔츠는 다 젖어버렸다.
'굳이 이렇게까지 해서 먹을 필요가 있나' 싶기도 했지만 어쩔 수 없었다. 겨우 10분 거리인데 비바람을 뚫고 가려니, 의외로 너무 멀었다. 슈퍼에 간신히 도착해 엄마 한 판 나 한 판, 냉동피자를 두 판이나 사서 전자레인지에 데우고, 귤 한 소쿠리와 큰 초코쿠키 과자를 두 개나 샀다. 숙소에 돌아와 쫄딱 젖은 옷을 갈아입고, 고소한 피자 냄새에 보람을 느끼며 모든 음식을 먹어치웠다.

France

마티스의 친구

민정

마티스가 직접 만든 교회 '마티스 예배당'을 찾다가 만난 알렉스 샤트렝은 마티스의 이웃이었고, 《보그(vouge)》의 포토그래퍼였다. 그가 유일하게 알고 있는 한국어는 특이하게도 "피곤하다"였다. 그는 한국인을 완벽하게 이해하고 있었다.

Monaco

사랑

GRATIA PATRICIA
PRINCIPIS RAINERII III UXOR
OBIIT ANN. DNI. MCMLXXXII

민정

영화계 역사상 가장 우아한 외모를 가졌다는 여배우, 그레이스 켈리. 그녀는 1956년 모나코 왕자 레니에 3세와 세기의 결혼식을 올렸다. 이 결혼은 세계에서 두 번째로 작은 나라 모나코를 관광대국으로 만들었다. 고부갈등을 겪었고, 스캔들에 시달렸던 그녀는 1982년 자동차 사고로 세상을 떠났다. 이제 모나코에 그녀는 없고 그녀의 흔적만 남았다.
12캐럿의 다이아몬드 반지는 그녀를 행복하게 했을까? 여전히 사람들은 '왕자와 공주가 행복하게 잘 살았다'로 끝나는 동화를 읽으면서, 300살이 넘은 신데렐라와 200년 묵은 백설공주에게 설득당한다. 공주로 만들어주는 사랑이 최고의 사랑이라고.

France

니스의 바다

다인

모나코에서 니스로 돌아오는 버스에서 기필코 오늘은 지중해에서 수영을 하자고 결심했다. 니스에 도착해 채비를 하고 해변으로 나가니 오후 5시. 패딩을 껴입어야 할 정도로 쌀쌀한 바람과 지는 해가 나를 비웃는다. 몇몇 커플만이 팔짱을 끼고 해변가에 앉아있을 뿐이다. 바다에는 수영하는 사람이 전혀 없다. '이씨, 수영복까지

입고 왔는데 포기할 수 없어!'라고 결심하며 바다로 들어간다.

"앗 차거!"

이건 수영이 아니라 벌칙입수야! 온몸을 웅크리고 있다가 겨드랑이만 살짝 들어도 소름이 끼친다. 그래도 혼자 물속에 앉아서 해지는 하늘을 바라보니 구름의 색이 굉장히 예쁘다. 처음에는 노란색에서 빨간색, 분홍색으로 변하더니 해가 다 지자 보라색으로 변했다. 보라색 뭉게구름 위로는 손톱만한 하얀 반달이 뜨고, 바닷물도 보랏빛 구름에 비쳐 보라색으로 물든다. 혼자서 자갈밭으로 등을 돌리고 앉아 파도를 탔다. 에취!

이탈리아

소소한 팁

- 방금 내린 버스의 티켓, 버리지 말자. 잘못 내렸을 경우 다음 버스를 타고 사정을 설명해야 한다.
- 시칠리아 섬에서 아파트 숙소를 구할 때는 리셉션 위치를 확인하자. 숙소와 리셉션이 따로 있는 경우가 종종 있다.
- 자전거를 빌릴 때 하루가 아니라 시간으로 계산하여 협상하면 이틀 동안 사용이 가능하다.
- 제발 모르면 묻자! 남프랑스와 시칠리아 섬에는 호스텔이 드물다. 그래서 대부분 호텔에서 투숙했는데 난방기구가 보이지 않았다. 남부 유럽은 날이 따뜻해 난방을 하지 않는 줄 알고 추위에 벌벌 떨었는데, 알고 보니 에어컨이 난방기구였다.
- 에트나 화산을 가장 싸게 가는 방법은? 왕복 6.6유로로 버스를 타고 케이블카 입구에서 내려 3,000피트까지 트레킹을 하면 돈이 전혀 들지 않고, 60유로를 지불하면 케이블카로 쉽고 빠르게 이동할 수 있다. 여행사를 통하면 보통 100유로부터 시작한다.
- 시칠리아 섬으로 가는 기차는 바다를 건너기 위해 배를 탄다.
- 아시시 기차역 내부 커피숍에서 개당 3유로에 가방을 맡길 수 있다.
- 팔레르모 인포메이션에 가면 시중에서 10유로 정도로 파는 이탈리아 지도를 무료로 받을 수 있다.

Italia

밑그림

다인

미켈란젤로가 로마제국의 냉수욕장을 바탕으로 만든 산타 마리아 델리 안젤리 에 데이 마르티리 성당. 성당 안으로 들어가니 대학생 언니들이 성당 내부의 밑그림을 그리고 있다. 그 언니들은 내가 교회를 구경하고 나갈 때까지 똑같은 자리에서, 똑같은 각도로 그림을 그렸다. 나도 분주히 쿵쾅거리는 인생의 밑그림, 이제 막 시작하는 내 청춘의 밑그림을 그리는 중이다.

Italia

아주 솔직한 지적

민정

같은 방을 쓰는 캘리포니아 출신 여대생이 바티칸시국으로 들어가려면 교회 쪽보다는 바티칸 미술관으로 들어가야 그나마 줄이 짧다고 했다. 하지만 그쪽도 암표상들이 유혹을 할 정도로 만만치 않았다. 그런데 갑자기 한 아주머니와 20대 여자가 우리 앞쪽으로 쓰윽 끼어든다. 마치 무슨 사정이 있다는 듯.

사람들은 대체 저 사람들이 왜 저기에 있을까? 궁금한 눈치지만 선뜻 나서지 않는다. 하지만 우리는 이유를 물었다. 자기가 섰던 줄이 잘못되었다는 둥 여러 가지 핑계를 대던 여자는 결국, 우리에게 아주 솔직한 지적이라며 떠나갔다. 다인이에게 모처럼 씨익 웃으며 잘난 체를 했다.

"봤지? 불의와 맞서 싸우지 않으면, 결국엔 그것의 일부가 되는 거야."

GNOS ET OVES
ΒΟΣΚΕΙΣ ΤΑ

Italia

모세상

다인

산 피에트로 대성당에 있는 모세상은 방금 신에게서 태어난 것 같다. 보고 있으면 빨려 들어갈 것만 같다. 아직도 신의 힘을 품고 있는 듯이 말이다. 오랫동안 모세상 앞을 떠날 수 없었다. 언제라도 떠올려 두근두근 심장이 뛰게 하려면 뚫어지게 바라보고 기억하는 수밖에 없으니까. 나는 기억력의 한계에 도전하고 있는 중이다.

Italia

내가 바라본 광장

다인

걷다가 멈춰서면 해는 항상 지고 있다. 성 베드로 광장 바닥에 앉아 이야기를 나누는 사람들을 보고 우리도 풀썩 주저앉았다. 엄마는 카메라를 들고 셔터도 누르지 않은 채 무언가를 기다리고 있다. 나는 안경을 카메라처럼 들고 주위를 살폈다. 개미가 지나간다. 내겐 개미가 보이는데 엄마는 안 보이는 것 같다. 우리는 보는 게 다르다. 그래도 서로에게 어떻냐고 물으면 마치 그 마음을 안다는 듯 "아! 너무 멋있어~" 하며 감탄한다.

Italia

로마의 휴일

민정

다인이가 초등학교 6학년 때 〈EBS 주말의 명화〉에서 소피 마르소가 나오는 〈라붐〉이란 영화를 방영한 적이 있었다. 로맨스에 눈뜨기 시작한 시기여서 다인이의 머릿속은 한동안 〈라붐〉이 지배했다. 내친김에 나의 사춘기를 지배했던 〈로마의 휴일〉을 보여주었는데 반응이 시원치 않았다. 지루하다고 끝까지 보지도 않았던 것 같다. 그래도 로마에 오면 오드리 햅번이 주연한 〈로마의 휴일〉은 꼭 봐야 할 것 같아서 둘이 함께 영화를 보았다. 영화가 끝나자 다인이는 펑펑 울고, 나는 내용이 너무 작위적이라 재미가 없다고 투덜댔다. 다인이는 청춘을 향해 나아가고 있고, 나는 청춘에서 멀어지고 있다.

Italia

싸움

민정

사소하게 말싸움을 하다가 이번에는 다인이가 당장 숙소로 돌아가겠단다. 나는 몇 군데 더 가야한다고 했더니 차비만 달란다. 11월의 이탈리아는 5시만 되면 해가 지기 시작해 6시면 깜깜해진다. 날은 어둡고 녀석은 길치라 걱정되긴 했지만 말리고 싶지 않았다. 나는 혼자서 1시간 즈음 구경을 더 하고 지하철을 타고 숙소로 돌아왔다. 그런데 벌써 왔어야 할 다인이가 안 보인다. 걱정은 되지만 할 수 있는 게 없어 마냥 기다렸다. 결국 1시간 정도 지나고 다인이가 돌아왔다. 1시간 동안 밤길을 헤맸다고 한다.
기다리는 동안 너무 속 태우지 않으려고 다른 일에 집중했다. 일단 얼굴을 보니 반가운 것도 잠깐, 무지 밉다. 화나도 몇 시간을 못 넘기는 성격이지만 자식이 뭔지… 하루는 지나야 안 미울 것 같다.

다인

"으아아아아~ 미워! 미워! 진짜 미워!"
오늘은 내가 먼저 지하철비 1.5유로를 달라며 헤어지자고 선포했다. 원래는 바로 숙소로 돌아갈 생각이었다. 그런데 포폴로 광장이 발목을 잡았다. 냄비와 프라이팬을 악기 삼아 연주하는 사람, 색소폰과 기타 연주자, 북을 치는 사람들과 가득 찬 관중의 틈으로 들어가 조금 더 시간을 보냈다.

숙소로 돌아가는 지하철, 20분 정도 기다려 겨우 표를 샀다. 지하철을 타기 전엔 등에 멘 가방을 앞으로 메고 길이 조정 끈을 허리에 둘둘 감아 리본까지 묶었다. 도둑이 절대 내 가방을 탐내지 못하도록! 사실 가방엔 스케치북과 물통만 있고 돈은 한 푼도 없었다.

지상으로 나와 보니 깜깜했다. 5일 밤낮을 다닌 길이라 자신 있었는데, 밤이라서 어디가 어딘지 분간이 안 갔다. '나폴레옹2'라는 도로명을 알지만 간판은 보이지 않고, 사람들이 가르쳐주는 길마다 틀린 곳이었다. 눈물이 날 것 같았다. 엄마와 다닌 길이 맞는 것 같은데 숙소는 보이지 않았다. 불안한 마음에 힘껏 달려봤지만 소용없었다. 1시간여를 헤매고 숙소에 간신히 도착했는데, 엄마가 막 화를 냈다. 자기보다 먼저 와있어야 하는 애가 왜 이제 왔냐고. 그렇게 미웠던 엄마 얼굴이 이렇게 반가울 수가 없다.

Italia

어떤 승무원

민정

이탈리아 최남단의 시칠리아 섬을 목적지로 정하고 표를 끊으러 갔는데, 당일 표라 다인이와 함께 쓸 수 있는 침대칸이 없다. 일단 12시간 걸리는 시칠리아의 팔레르모행 기차를 타고, 승무원을 찾아가 둘이 함께 있을 자리를 알아봐달라고 부탁했다.
모녀라는 말에 승무원은 빈 침대칸으로 안내했다. 좌우 이층 침대가 있는 한 칸을 통째로 써도 된단다. 게다가 필요한 것들을 세세하고 자상하게 챙겨주었다. 아마도 우리가 탄 침대칸은 그가 쉬기 위해 비워둔 자리 같았다.
고맙고 미안한 마음, 막막할 때면 늘 그렇듯 이번에도 슈퍼히어로가 나타났다.

Italia

우연히

다인

페인트가 다 벗겨진 지저분한 벽들이 이어진 좁은 골목. 허공에는 전선줄이 끼리끼리 엮여있고, 집들의 작은 베란다는 잡동사니들로 복잡했다. 그때 갑자기 하늘에서 초록색 바구니를 매단 줄이 내려온다. 사람이 직접 내려오기 번거로워 이렇게 물건을 건네받는단다. 줄에 바구니 대신 쓰레기봉투를 매달아 내려놓기도 한다. 팔레르모인들의 생활의 지혜! 초록색 바구니에서 목장갑과 연장을 꺼낸 남자가 유유히 사라진다. 동아줄은 빈 바구니를 달고 다시 올라간다.

Italia

괴테가 사랑한 도시

민정

고대 페니키아부터 카르타고, 그리스, 로마, 비잔틴, 아랍, 노르만, 아라곤 왕국, 19세기 부르봉 왕조까지 여러 제국이 시칠리아를 거쳐갔다. 지중해는 북아프리카, 소아시아, 그리스, 이탈리아가 하나로 연결되는 중요한 무역 루트였기 때문이다. 어지러운 역사 속에서 반목을 거듭하며 시대별로 다양한 유산들이 남았다. 다채로운 문명의 집산지 팔레르모를 괴테는 '세상에서 가장 아름다운 도시'라고 칭송했다.

Italia

안젤로 아저씨, 마리아 아주머니

다인

이럴 수가! 너무 황당했다. 우리가 찾은 숙소는 평범한 4층 건물이었다. 주소는 맞지만 문이 굳게 잠겨있었고 어디에도 'Laurora'라는 이름은 없었다. 그때 경찰인 안젤로 아저씨와 그의 부인 마리아 아주머니가 골목으로 들어왔다. 아저씨와 아주머니는 동네 주민이 아니라 사정을 몰랐지만, 미로 같은 트라파니의 골목을 함께 살펴주셨다. 30분 넘게 헤매다 와이파이가 되는 동네 빵집에 들어갔다. 예약을 확인해보니 리셉션이 다른 곳에 있었다.

안젤로 아저씨 전화를 빌려 직원과 통화하고 그가 데리러 오길 기다렸다. 10분이면 된다더니 50분이 지나도 나타나지 않았고, 연락도 되지 않았다. 결국 안젤로 아저씨 자가용으로 리셉션에 도착해서야 2시간이 넘는 생쇼를 끝낼 수 있었다. 지쳤지만 한편으론 안젤로 아저씨와 마리아 아주머니처럼 좋은 분을 만나 감사했다.

짐을 정리하고 슈퍼에 가던 길에 우연히 다시 두 분과 마주쳤다. 고맙고 아쉬웠던 만큼 반가웠다. 아주머니도 같은 마음이었는지 트라파니에서 제일 맛있는 빵집에 가자고 제안했다. 그렇게 우리는 밤바다를 보며 이야기를 나누고 빵을 먹었다. 엄마는 고마운 마음에 빵 값을 내려했지만 아저씨는 극구 사양했다. 토마토소스로 버무린 마카로니가 든 빵은 희한한 맛이었지만 최고라고 살짝 거짓말을 했다. 그래도 기분은 최고였다. 아저씨는 “오늘은 내가 일일 카메라맨이야” 하며, 트라파니를 구경시켜주고 사진도 찍어주셨다. 두 분은 영어를 잘 못하고 나는 이탈리아어를 몇 단어밖에 모르지만, 마음은 충분히 알 것 같았다.

다음 날 바닷가에 앉아 남은 빵을 먹었다. 식어빠진 빵의 맛은 최고였다. 어제는 짜장라면을 배 터지게 먹은 후라 맛을 몰랐던 것이다. 나중에 함께 찍은 사진을 메일로 보내드렸지만 반송이 되었다. 전화도 문자도 내가 쓴 장문의 편지와 사진도 닿지 않았다. 따뜻했던 이 마음은 꼭 닿기를 바란다.

Italia

고양이 사료는 개부터

민정

골목을 걷다 보면 고양이를 자주 만난다. 번번이 빈손인 게 미안해 사료를 샀다. 사료 한 봉지를 비닐에 나눠 담아 주머니에 넣고 다니며, 길고양이를 만나길 빌었다. 숙소 앞에서 굶주려 허리가 잘록한 개를 발견했다. 고양이 밥 시식은 일단 개부터.

Italia

챠오!

다인

11월인데도 반팔을 입어야 할 정도로 더운 날씨!
우리는 자전거를 빌렸다. 쑤시는 엉덩이를 달래가며 섬을 달렸다. 낮은 돌담들이 한없이 길을 만드는, 어찌 보면 황량한 파뷔냐나. 하지만 조금만 달리면 넓고 맑고 푸른 바다에 도착한다. 나는 자전거를 타면서 사람들이 드문드문 지날 때마다 외친다.
"챠오!(잘 있어!)"
사람들에게도, 돌담에게도, 말과 당나귀에게도, 누구에게나, 인사를 받든 안 받든 상관없이 외친다.
챠오! 챠오!

Italia

긴 이야기

만정

나와 다인이는 에리체에서 트라파니로 돌아가는 마지막 버스를 기다리며, 돌바닥에 앉아 긴 이야기를 시작했다. 가끔은 눈빛만으로도 모든 걸 아는데, 어떨 때는 서로에 대해 거의 모른다는 생각이 든다. 어릴 때부터 학교 얘기를 물어보면 집으로 오는 길에 다 까먹었다고 했다. 속을 숨기지 않는 아이라고 생각해서 굳이 캐묻지 않았다.

그래서일까? 지금까지 다인이가 성장해왔던 현상들은 아는데, 순간순간 어떤 감정을 느꼈는지는 모르겠다. 여행을 다니면서 조금씩 다인이가 어떤 마음으로 살고 있었는지, 또 살고 있는지 알게 된다. 그 마음이 슬펐는지 기뻤는지 하나하나 알아갈 수 있어서, 나는 참 운이 좋은 엄마다.

Italia

마르살라

다인

아침이 오면 마르살라의 노인들은 옷을 갖춰 입고 광장으로 모여든다. 소란스레 북적이면서 매일 아침 묻는 서로의 안부를 또다시 매일 아침 묻고, 밤이면 작은 카페에 앉아 커다란 마트 전단지를 보고 세상사를 이야기 한다.

Italia

신전들의 골짜기

민성

아그리젠토, 그리스 신전들이 있는 신전들의 계곡.

신들이 가끔씩 내려오는 곳이라고 말하지 않는다면 설명할 수 없는 신비로운 기운이 느껴진다.

Italia

다행이야, 터키인 계단

다인

아그리젠토에서 1시간 거리에 있는 '터키인 계단'은 가장 가까운 버스정류장에서 3킬로미터 떨어진 곳에 있었다. 우리는 해변을 걸었다. 3킬로미터는 너무 멀었고, 언제부턴가 엄마는 왼쪽 발목이 아파 살짝 다리를 절었다.
과연 그 다리로 푹신한 모래사장을 견딜 수 있을까? 마지막 버스 시간에 맞춰 3시간 안에 돌아올 수 있을까? 안 그래도 걸음이 느린데! 바닷물이 밀려들어오는 것 같은데 길이 끊어지지는 않을까? 걱정이 꼬리에 꼬리를 물었다.
1시간 30분을 걷자 저어~ 멀리 하얀 터키인 계단이 보였다. 계단 모양으로 새하얀 돌이 층을 이룬 터키인 계단은 지는 햇살을 받아 주황빛으로 물들어 반짝반짝 빛났다.
그 거대한 석회암 절벽에 있으니, 거인의 콧잔등 위에 서있는 기분이었다. 여유를 즐길 새도 없이 우리는 다시 1시간 30분을 걸어 돌아왔다. 하늘은 깜깜했고 어떻게 무사히 찾아가고 돌아왔는지 믿기지 않았다. 돌아와 확인해보니 터키인 계단까지는 왕복 10킬로미터였다.

엄마는 가는 도중에 발이 아파 포기할까, 생각했단다. 사실 나도 엄마 짐까지 들고 가느라 너무 힘들었다. 엄마도 나도, 발이 아파 죽겠다면서도 힘내길 잘했다고 대견해했다. 아! 그리고 돌아오는 길에 엄청 비싼 돈을 주고 사 먹은 피자도 다른 의미에서 믿기지가 않았다. 도우에 나뭇잎과 생고기가 올려져 있다니!

민정

모래사장을 빠른 걸음으로 걷다 보니 통증이 너무 심했다. 세계여행 전부터 발이 좋지 않았다. 내 상태를 진단한 의사는 여행을 떠나더라도 중간에 돌아올 거라고 장담했다. 그래도 나는 여행을 선택했다. 터키인 계단으로 향하는 길, 포기할까 싶었지만 꾹 참고 걸었다. 여기서 포기하면 세계여행도 포기하게 될 것 같았다. 터키인 계단에 도착했을 때 해는 지고 있었다. 지긋지긋한 통증도 잊은 채 눈물이 났다. 아파서 더 아름답고 잊을 수 없는 순간이었다. 영원히 지워지지 않을 추억 하나가 마음에 생겼다는 것을 알 수 있었다.

과정의 고통만큼 결과를 만족스럽게 하는 것은 없다
아프지 않고서야 행복할 수 없다
우린 언제나 행복을 향해 걷고 있다

Italia

둘이서

다인

'밥 한 톨을 먹어도 둘이서, 비누 하나를 써도 둘이서, 그늘에서 더위에 빨개진 얼굴을 식히는 것도 둘이서, 추위에 꽁꽁 언 다리를 녹이는 것도 둘이서.'

지금, 엄마와 나는 마치 자전거의 두 바퀴처럼 서로가 있어야 굴러간다. 산울림의 〈둘이서〉라는 노래를 틀었다. 고무캡도 빠지고 때가 타 거뭇해진 흰색 이어폰에서 말하듯이 노래가 흐른다.

버스가 모퉁이를 돌자 라구사 이블라가 모습을 드러낸다. 알록달록한 집들에 내려앉은 햇살이 새하얗다. 도란도란 나란히 붙어있는 모습은 꼭 팔짱을 낀 친구 같다. 귓가에서 산울림의 노래가 은은히 퍼진다. 나는 오른쪽 귀에서 이어폰을 빼, 엄마의 귀에 꼽았다.

노래 하나를 들어도 둘이서.

Italia

시칠리아 사람들

다인

버스정류장. 8살의 단발머리 소녀는 쇼핑백에서 새로 산 핑크색 잠옷을 주섬주섬 꺼내 티셔츠와 바지 위에 걸쳐 입는다. 새로 산 잠옷 때문에 행복해진 소녀는 카메라 앞에서 어색한 미소를 지었다.

민정

버스 안, 잠옷 소녀의 엄마가 다른 승객과 싸움이 붙었다. 다음 정거장에서 탑승한 할아버지까지 가세한 싸움은 한층 떠들썩해진다. 결국 아주머니는 삿대질을 하며 버스에서 내렸다. 놀란 우리에게 옆 좌석 아주머니들이 싸움이 아니라며 웃는다. 그저 버스에 대한 이야기를 했을 뿐이란다. 다혈질에 오지랖 넓고 목소리 큰 시칠리아 사람들은 마피아의 본고장답게 대화도 울퉁불퉁 격하다.

Hello Kitty

Italia

성격 차이

민정

아침부터 한판 붙고 헤어졌다. 로마에서 싸우고 헤어진 이후로는 절대 떨어져 다니지 않으려 했는데, 이놈의 욱하는 성질이 문제다. 다인이가 남편이었으면 같이 못 살았을 것 같다는 생각이 문득 들었다. 처음으로 성격차이로 이혼한다는 말이 가슴에 와 닿았다.
섬을 한 바퀴 돌고 점심때가 지나자 시장해져 식료품을 사려고 마트에 들어갔다. 오호, 계산대에서 다인이가 사탕을 사고 있다. 역시 다인이답다. 싸운 것은 어느새 잊고 함께 식료품으로 가방을 가득 채웠다.
늘 싸우는 부부가 모두 헤어지지 않는 건, 가끔 우리처럼 천생연분인 순간이 있기 때문이지 않을까?

Italia

엔켈라도스의 불

민정

구름 위의 세상은 흑백이다. 죄다 깨끗하게 덮은 눈, 죄다 시커멓게 태운 재. 지상의 색깔들은 가뭇없었다. 에트나 화산은 역사상 이백 번이 넘는 폭발이 있었고, 로마 사람들은 그 이유를 신화에서 찾았다. 신들의 전쟁에서 올림포스 신들을 정복하고 아테나를 아내로 삼으려 했던 엔켈라도스는, 아테나가 집어 던진 시칠리아 섬에 깔리게 된다. 그러니까 에트나 화산은, 그 아래 깔린 엔켈라도스가 불을 토하고 몸을 비틀어 마그마와 지진이 쉬지 않고 발생한 결과이다.

Italia

에트나 화산

다인

까만 화산재로 덮인 여러 갈래의 길에 드문드문 눈이 쌓였다. 강풍이 부는 화산 위에 서니 구름이 안개처럼 발밑을 흐르고 세상은 모두 낮아진다. 화산은 마그마 대신 구름을 뿜어내고, 엄청난 바람은 뭐든 날려 보낼 것 같아 무섭다. 고개를 숙여 내가 아직 땅에 서있다는 걸 확인하고서야 안심이 된다.

1인당 60유로라는 어마어마한 거금을 내고 이곳에 왔다. '지금은 마그마도 안 나오는데 꼭 갈 필요가 있나?'라고 무시했었는데, 실제로 보니 돈으로 가치를 매길 수 있는 것이 아니었다. 예전에 아빠가 말해주셨는데, 중세 사람들은 에트나 화산을 천국과 지옥 사이의 연옥이 있는 장소라고 생각했단다. 이곳에 서있으면 그 말을 절대 부정할 수 없다.

세상과 정말 멀어져 있는 이 느낌, 천국도 아니고 지옥도 아닌 이 괴상한 느낌….

Italia

오늘

다인

에드워드 고리의 《불가사의한 자전거》라는 책의 첫 장은 이렇게 시작한다.

"화요일 다음 날, 수요일 전날이었습니다."

중앙정차장으로 향하는 429번 버스에 앉아 시계를 본다. 6시가 넘어가고 있는 지금은 무슨 요일과 무슨 요일의 사이인지, 또 오늘이 몇 월 며칠인지 전혀 기억이 나지 않는다. 하루하루 너무 많은 걸음을 걷는 내게 시간이 멈춘 듯하다. 오늘이 1년의 어디쯤인지 생각이 나지 않는다.

429
STAZIONE CENTRALE
BARRIERA DEL BOSCO

Italia

이탈리아 장례식

민정

'프리바토(privato)'라는 이탈리아어는 사생활이란 뜻이다. '프라이버시(privacy)'란 영어 단어에서 생겨난 말로, 과거 이탈리아에는 사생활이란 말이 없었다. 그들은 사생활이 없을 만큼 서로를 아주 가깝게 알고 지냈다.

빨간 꽃을 뒤집어쓴 죽음이 성당을 빠져나온다. 마을 전체가 그의 죽음을 애도하며 북적인다. 사생활이 없었던 그들에게 이웃의 죽음은 곧 가족의 죽음이다.

다인

타오르미나의 광장에서 장례식을 보았다. 가족만 모인다는 프랑스의 조그마한 장례식과는 달리 정이 많다는 시칠리아의 장례식에는 마을 사람들로 성당이 꽉 차있다. 정장을 입은 두 남자가 붉은 꽃으로 뒤덮인 갈색 관을 차로 나르고, 주위의 사람들이 울고 있다.
숙소로 돌아와 시칠리아에서 촬영했다는 영화 〈그랑블루〉를 보았다. 친구 엔조가 바다에서 죽자 주인공 자크도 돌고래와 함께 멀리멀리 바다 속으로 사라졌다.

Italia

작은 그림, 큰 그림

다인

우리는 남들이 많이 가는 여행 루트를 따르지도, 인터넷 정보공유 사이트를 보고 미리 계획을 세우지도 않았다. 혹시 몰라 이탈리아 부분만 잘라 온 얇은 가이드북에는 시칠리아 섬은 아예 나와 있지도 않았다. 가이드북을 펼쳐 보니 아시시가 눈에 들어왔다. 둘러본 결과 사람들이 왜 짜인 루트로 가는지 깨달을 만큼 아시시는 멋진 곳이었다. "가이드북을 펴보지 않았으면 이렇게 아름다운 곳에 오지 못했을 거야!"라고 말하니, 엄마가 웃었다.

"시칠리아 섬을 간 건 장기여행이 아니면 시간 때문에 둘러보기 힘들어서야. 가이드북에 나온 곳은 네가 크면 쉽게 올 수 있잖아."

역시 난 작은 그림을 보고, 엄마는 큰 그림을 본다. 아시시에서도 또 싸웠다. 그럴 땐 엄마가 마녀 같아 보이지만, 진짜로 미워할 수 없는 건 속으로는 나를 항상 배려한다는 것을 알기 때문이다. 그래서 나는 늘 싸움에서 지는가 보다.

Italia

세상에서 가장 화려한 청빈

민정

여행을 하다 보니 기독교 사회에서 프란체스코란 이름의 위상은 대단해 보였다. 당분간 기독교 문화권을 여행할 계획이라 그의 흔적을 따라 시칠리아 섬을 떠나자마자 아시시로 왔다. 비와 안개로 도시는 흐렸다.

프란체스코는 이탈리아 중부 아시시에서 태어났다. 20대 중반 세속적 가치를 버리고 '가난과 결혼하기 위해서'라며 교회로 귀의했다. 그는 가장 낮은 곳의 사람들과 함께 생활하며 이들을 보살폈다. 부잣집 아들로 태어났지만 탁발로 연명하는 청빈한 삶을 택해 주변을 감동시켰다. 그렇게 프란체스코 수도회가 태어났고, 청빈은 기독교의 새로운 가치가 되었다.

그가 죽고 난 후, 추종자들은 프란체스코의 청빈한 신념에는 반하지만, 그의 업적과 격에 맞는 성당을 원했다. 성 프란체스코 성당은 가톨릭 신자에게는 성지로, 나그네에겐 프레스코화가 인상적인 웅장한 성당으로 기억될 것이다.

그는 신념과 업적 중 무엇이 선택되기를 원했을까?

Italia

정돈

민정

진열대에 정돈된 식료품들을 보면, 피렌체 사람들에게 아름다움이란 천성에 가깝다는 생각이 든다. 최고의 문화와 예술 속에서 자란다는 것은 교육으론 가르칠 수 없는 유전자를 생산하는 것과 같다.

Italia

마라톤

민정

아무나 감당할 수 없는 고통 때문에 마라톤은 매력적이다.
달리는 사람에게도 바라보는 사람에게도.

Italia

볼로냐라면 그림책

다인

볼로냐라고 하면 나는 엄마가 꼭 보고 싶다던 '볼로냐 아동도서전'이 생각난다. 어릴 때 엄마는 매일매일 동화책을 읽어주셨다. 그래서인지 나는 지금도 동화책을 정말 좋아한다. 가장 기억에 남는 책은 마이클 로젠이 쓴《곰 사냥을 떠나자》이다. 말 그대로 한 가족이 곰 사냥을 떠났다가, 진짜 곰을 보고 놀라서 집으로 부리나케 돌아와 문을 닫고 숨어버리는 내용이다.

마지막 페이지에는 친구가 되기 위해 계속 가족을 따라온 곰이 홀로 동굴로 돌아가는 쓸쓸한 뒷모습이 그려져 있다. 나는 곰이 너무 불쌍해서 딱풀로 마지막 장을 보지 못하게 붙여버렸다. 그러면서 "전 페이지에서 이야기가 끝나는 게 더 좋은 걸" 하고는 엉엉 울었다.

민정

봄이면 볼로냐에서는 그림책의 노벨상이라 불리는 '볼로냐 아동도서전'이 열린다. 물론 11월의 볼로냐엔 도서전의 흔적이 없다.

하지만 그림책 수집가가 되고 싶을 정도로 그림책을 좋아하는 나로서는 동네라도 구경하고 싶었다. 그림책을 좋아하게 된 것은 다인이에게 읽어주기 시작하면서였다. 아이가 나의 일부가 되듯 그림책도 내 독서의 일부가 되었다. 지금까지《곰 사냥을 떠나자》를 여러 번 펼쳤지만, 다인이가 밀봉한 마지막 페이지만은 다시 보지 못했다. 조심스레 마지막 장을 뜯어볼까도 싶지만, 페이지가 열리면 그 속에 숨어있던 꼬마 다인이의 감정이 날아갈 것 같아 감히 손대지 못하겠다.

Italia

단풍

다인

발걸음을 옮길 때마다 땅바닥에 착 달라붙어 있는 노란색 단풍잎.

어디를 가도 볼로냐의 단풍잎이 나를 자꾸 따라온다.

난 집착이 많은 건 싫은데 참~

Italia

볼로냐 대학

민정

볼로냐 대학은 1088년에 세워진 유럽 최초의 대학이다. 그래서 볼로냐 대학의 모토는 '모든 학문이 퍼져 나간 곳!'이다. 《신곡》을 쓴 단테, 지동설을 주장한 코페르니쿠스, 《우신예찬》을 쓴 에라스무스, 무선통신을 발명한 굴리엘모 마르코니 등 쟁쟁한 위인들이 볼로냐 대학 출신이다. 《장미의 이름》을 쓴 움베르토 에코도 2007년까지 볼로냐 대학의 교수로 재직했다.

그들의 흔적은 천장과 벽에 붙은 문장이 되었다. 사진의 문장은 교수나 졸업생의 문장으로 그 아래에 새겨진 문자는 출신지를 의미한다. 서양 문장의 시작은 12세기 초였다. 기사들이 창 시합을 하거나 전쟁을 할 때, 자신의 방패와 의복에 마크를 새기면서부터다. 왕, 영주, 귀족, 기사 등 권력과 관계되는 문장부터 성직자, 도시, 군, 대학, 상공업자의 길드처럼 계층이나 신분을 나타내는 문장까지….

유럽을 다니다 보면, 다양한 문장에 담긴 갖가지 형태의 삶을 상상하는 재미가 있다.

Italia

곤돌라

민정

베네치아에서 태어나 베네치아에 주소를 둔 사람만이 가능한 베네치아 최고의 인기 직종 곤돌라 뱃사공. 추울 땐 추운 데서 일하고 더울 땐 더운 데서 일하니 우리 눈엔 3D업종 같다. 하지만 베네치아에서는 관련 학교를 수료하고, 4개 국어를 익혀야 하는 상당한 고소득 직종에 속한다. 곤돌라를 타는 비용이 최하 80유로니 하루 몇 번만으로도 꽤 짭짤한 수입을 올리겠다. 암튼 날씨가 추워서인지 쉬고 있는 뱃사공이 많았지만, 우리도 너무 추워서 오늘은 그들의 수입에 일조할 수가 없었다.

Italia

폭풍 치는 밤

민정

폭우 때문에 물 수위가 간당간당하다. 비를 뚫고 선착장으로 가서 배를 타고 로마광장으로 이동한 후, 그곳에서 버스를 타고 공항에 가야 한다. 구시가지는 길이 좁고 협소한데다 계단이 섬과 섬을 연결하고 있어 차가 들어올 수 없다. 100미터 떨어진 선착장을 가는 것도 폭우 때문에 만만치 않다.

겨우 배를 탔다. 옆 좌석에 앉은 아저씨께 침수가 될지를 물으니 가방에서 장화를 꺼내 보여주신다. 아침에 이미 침수가 되었단다. 북부인 베네치아보단 남부 이탈리아가 심각하단다. 보름간 돌아본 이탈리아 최남단 시칠리아 섬에도 떠나는 날 저녁부터 비가 왔다. 그때 시작된 비가 완전 물바다로 만들어 놓았단다. 물폭탄을 피할 수 있어 운이 정말 좋았다.

이제 유럽을 떠나 남미로 향한다. 사람들은 유럽이 좀도둑이면 남미는 무장강도라고 말한다. 치안 때문에 걱정이다. 막상 부딪치면 용기가 나는데 그 전까지는 두려움이 많다. 다음 목적지인 쿠바에서도 시칠리아의 날씨처럼 행운이 이어지기를.

Italia

유럽이여, 안녕!

다인

그래, 지금까지 잘해왔어.

상트페테르부르크에서는 옛 러시아의 공국들로 여행 가는 꿈을 꾸었고, 라트비아에서는 엄마가 만들어주는 스테이크 두 조각을 먹는 꿈을 꾸었고, 남프랑스에서는 단 몇 가구만 살고 있는 시골에서 한 달을 보내는 꿈을 꾸었지. 그리고 이곳 베니스에서 난 온 힘을 다해서, 얼굴이 빨개지도록 내일의 꿈을 꾼다.

설렘과 기대, 그보다 더 큰 걱정을 안고 떠난다.

나에게 많은 꿈을 선물해준 유럽, 잘 있어요~!

CENTRAL AMERICA
SOUTH AMERICA

중·남미

쿠바

소소한 팁

- 쿠바에서는 인터넷을 특정 장소에서 비싼 비용을 지불해야 사용할 수 있다.
- 산타클라라에서 방을 구한다면 〈Hostal D' Cordero〉를 추천한다. (892-893-2607) 이미 숙소를 잡은 후 발견한 이 호스텔은 우리가 쿠바에서 본 가장 아름다운 숙소였다. 게다가 평범한 일반 숙소와 가격도 같았다.
- 라테라사스에는 호텔 〈모카〉를 제외하면 공식적인 다른 숙소가 없다. 그러나 항상 비공식은 있는 법이다!
- 외국인 통용화폐 CUC는 쿡이라 부르고 현지인 통용화폐 CUP는 쿱이라 부른다. 현지인 식당에서는 쿱이 사용되니, 지니고 있으면 유용하다.

변화

다인

워낙 남미에 대한 흉흉한 이야기를 많이 들어서 쿠바는 나에게 무서운 존재였다. 유럽을 떠나면서 하게 된 네 가지 걱정.

1. 항공권 예약이 맞게 되었나?
2. 쿠바 입국의 필수품인 투어리스트 카드를 사서 무사히 입국할 수 있을까?
3. 적당한 가격의 안전한 택시를 찾을 수 있을까?
4. 숙소를 정하지 못했는데 잘 찾을 수 있을까?

나는 경유지인 프랑크푸르트 공항에 도착하자마자 안내데스크로 달려가 쿠바행 비행기를 확인한 뒤 투어리스트 카드를 사는 긴 줄의 맨 앞에 섰고, 바라데로 공항에 내려서는 옆에 앉아있던 호주인 부부에게 먼저 나가가 택시를 같이 타자고 권유했고, "딱시 딱시"를 외치는 택시 기사 아저씨들을 찾아가 어떻게 가야 되는지 설명하고 요금까지 맞추었다.

그러나 막상 찜해놓은 숙소에 도착하니 친절한 주인아주머니가 12월은 방이 꽉 찼다고 설명해주셨다. '이럴 수가! 인기 좋은 까사 빠띠꿀라(숙소)를 오는 게 아니었어. 이제 어디로 가지?'라고 생각하던 참에 아주머니가 근처의 좋은 숙소를 추천해주셨다.

영어를 모르는 아주머니가 왜 쿠바에 왔냐는 제스처를 취했고, 나는 '스웨뇨(꿈)'라는 스페인어 단어와 몸동작으로 꿈을 찾아서 여행한다고 이야기했다. 그러자 아주머니는 스페인어로 쏼라쏼라 조언을 해주셨다. 내가 못 알아들어도 꼭 얘기해주고 싶으셨나보다. 방금 전 쿠바행 비행기에서 '1은 우노, 2는 도스, 3은 뜨레스…'를 겨우 외우던 나였지만, 끄덕끄덕 알아듣는 척을 했다.

그러다 문득 놀랐다. 여행 초반에는 이런 걱정은 엄마의 몫이었고, 나는 대화에 적극적이지 않았는데 점점 달라지고 있었다. 혼자 문제를 해결하는 법을 배우고, 사람들에게 다가가는 방법을 배운다. 어느 사람이든 생각한 것보다 따뜻했고, 어느 도시든 소문보다 무섭지 않았다. 역시 시도한다는 것은 전혀 무서운 일이 아니다.

Cuba

처음 본 쿠바

다인

유럽에선 흔히 보이던 거리의 사람들이, 흔히 보이던 거리의 건물들이, 먹지 못했던 비싼 음식들이 여기에는 없다. 사람들은 대부분 살이 검게 탄 모습이고 백인보다는 흑인이 많다. 유럽에서는 10유로, 약 만 2천5백 원으로 스파게티를 먹었다면 이곳에서는 단 돈 2쿡, 약 2천3백 원으로 소고기반찬을 먹을 수 있다. 게다가 음료 포함!

이곳은 우리가 익숙해진 문명의 편안함과는 거리가 멀다. 와이파이를 켜도 잡히는 게 하나 없고, 영어를 알아듣는 사람도 거의 없다. 누구도 스마트폰을 쥐고 있지 않지만 다들 즐거워 보인다. 상의를 탈의한 민머리 남자들과 작은 천으로 딱 중요 부위만 가리고 울룩불룩 튀어나온 배를 내놓고 다니는 여자들이 충격적이다. 문 앞 계단에 앉아 떠들며 낮 시간을 보내는 이들과 연주하고 노래를 부르는 거리의 악사들과 그 앞에서 춤추는 사람들….

형형색색 쿠바의 건물 너머로 또 다른 건물이 보인다. 그 위로는 하늘이 펼쳐진다. 정말 낮고 허름하지만 이대로 좋다. 난 이곳의 즐거움에 푹 빠질 것 같다.

바라데로 아이들

민정

교복을 입은 아이들이 즐거워 보였다.

즐거운 게 당연해 보였다.

행복이 어디에서 오는지 우리나라 아이들보다 잘 아는 것 같았다.

올드 카

민정

1959년 혁명 이후 쿠바 정부는 자동차 매매를 금지했다. 쿠바는 올드 카의 전시장이라고 불릴 만큼 고풍스러운 자동차들이 넘쳐난다. 수많은 시간대가 자동차의 트렁크마다 따로 담겨있는 느낌이다. 그래서 올드 카들이 움직이는 모습을 보면, 마치 다양한 연대가 함께 얽혀있는 것 같다.

Cuba

케이크와 미소

다인

사실 나는 '남미' 하면 아마존만 생각이 났다. 그래서 남미 전체가 정글로 뒤덮여 있고, 원시 부족들이 바나나를 내밀며 우리를 반겨줄 것이라고 생각했다. 그러나 진짜 쿠바 사람들은 바나나 대신 미소를 내민다.

마탄사스에서 1쿱(현지인 화폐)이라는 50원도 안 되는 돈을 내고 낡은 현지인 버스를 탔다. 앞자리에 앉은 아주머니는 옆에 앉은 딸의 생일이라 케이크를 샀다며, 흔들리는 버스 안에서 위태로이 균형을 맞추고 있다. 한국이라면 말도 안 되는 비주얼의 케이크다. 포장도 없이 골판지 위에, 느끼할 것 같은 이상한 색깔의 크림이 잔뜩 얹혀있다. 하지만 그게 쿠바의 유일한 케이크였다. 어디를 가도 다 이 케이크와 비슷하다. 그래도 쿠바는 미소를 잃지 않는다.

Cuba

산테리아

민정

위험지역인 남미에서는 다인이와 껌딱지처럼 붙어 지내려 했다. 그러나 남미에 도착한 지 사흘 만에 경계심이 풀렸고, 우린 또 다시 싸우고 겁 없이 헤어졌다.
마탄사스는 일반적인 쿠바인의 생활을 보고 싶어 온 곳이다. 길을 지나다 음악 소리에 이끌려 낯선 집 앞을 기웃거렸다. 북을 두드리며 노래를 부르고 춤을 추던 흑인들이 나를 반갑게 맞아주었다. 악운을 물리치는 의미에서 꽃잎을 띄운 물에 손을 씻기고 목 뒤에 물파스 향의 연고를 발라주었다.
나는 그들의 종교의식인 산테리아 의식에 참여했다. 산테리아는 가톨릭과 아프리카 토착 종교가 혼합된 쿠바의 독특한 종교다. 격렬한 북소리에 맞춰 등에 땀이 나도록 몸을 흔들었다. 빌고 싶은 소원은 없었지만 혼자 의식에 참여하니 다인이 생각이 간절했다. 즐거운 것은 함께하고 싶은 게 엄마 마음인네 아쉬웠다. 우린 언제쯤 벌컥벌컥 싸우지 않고 서로의 의견에 귀 기울이는 법을 배우게 될까?

Cuba

쿠바의 택시 드라이버

다인

과분하게도 택시를 타고 산타클라라에서 레메디오스로 간다. 운전기사인 롤란도 아저씨의 어릴 적 꿈은 쿠바의 보통 아이들처럼 야구선수였다고 한다. 아버지한테서 야구를 배운 아저씨는 쿠바의 많은 사람이 야구선수를 꿈꾼다고 말했다. 야구를 사랑하기 때문이기도 하지만, 외국에 나갈 수도 있고 돈을 많이 벌기 때문이라고 덧붙였다.

지금 롤란도 아저씨는 야구선수의 꿈을 포기하고 관광객들을 상대로 택시 운전기사를 하고 있다. 이전에는 대학을 나와 엔지니어로 일했단다. 다른 일보다 택시 운전을 하는 편이 먹고살기 훨씬 편하다고 했다. 야구선수를 할 수 있는 기회가 없었다고 말하는 아저씨는 내심 속상해하는 것 같았다.

기회가 주어져도 가끔 모든 게 귀찮아 쉬고만 싶어 하는 나는 롤란도 아저씨와 눈을 맞추기가 힘들었다.

Cuba

쿠바

민정

쿠바 사람들은 1959년 혁명 후의 사회를 좋아했다고 한다. 그러나 쿠바의 상황은 그리 호락호락하지 않았다. 쿠바는 냉전시대의 약소국이었다. 쿠바는 자국 내 미국의 이권을 폐기하고, 미국 자본의 착취를 제한했으며, 미국계 기업의 자산을 국유화했다. 이에 반발한 미국은 1961년 쿠바와 국교를 단절했고, 1963년 쿠바에 경제제재를 시작했다. 소련의 원조로 그나마 숨을 쉬던 쿠바 경제는 1991년 소련의 붕괴로 엄청난 타격을 받았다. 그래서 쿠바는 과거에 멈춰 과거를 파먹으며 간신히 버티고 있었다.

레메디오스에서 만난 청년은 지금의 젊은 세대는 체제에 변화를 원한다고 담담하게 말했다. 그는 미국이 공정치 않지만 미국인을 싫어하지 않고, 미국이나 캐나다로 여행을 가고 싶고, 미국에서 일자리도 갖고 싶다고 했다. 그러나 그의 우상은 언제나 체 게바라이며, 쿠바를 몹시도 사랑한단다. 먹고사는 일과 신념이 항상 같을 수는 없다고 청년은 말하고 있었다.

우리가 쿠바에 머무는 동안 미국 오바마 대통령은 특별성명을 통해 쿠바와의 국교정상화를 선언했다. 쿠바는 급속도로 과거에서 멀어져 갈 것이다. 체제의 변화가 쿠바인을 어디로 데려갈지는 그들 몫이다. 물질의 단맛으로부터 스스로를 지켜낼 수 있기를 바랄 뿐이다.

Cuba

가난

다인

버스정류장 입구에는 10명도 넘는 아주머니들이 명함과 숙소 사진을 내민다. 그녀들은 "알로알로 리쓴투미 익스큐즈미"라고 외치며, 속사포 랩을 하듯이 값싼 자기네 숙소로 오라고 말한다. 나는 갑자기 달려들어 내 옷을 잡아당기는 아주머니들이 당황스럽고 너무 무서웠다.

그때 갑자기 어떤 할머니가 내 옆구리를 아프게 쿡쿡 찌르며 자기 좀 보라고 화를 냈다. 그녀는 한국 사람의 추천 글이 적혀있는 표지판을 가지고 있었다. 무섭지만 그 할머니를 따라가는 게 최선이라고 생각했다. 가격을 흥정할 때 조식도 포함해달라고 했지만, 절대 안 된다고 하시길래 알겠다고 포기했다. 하지만 아침에 일어나 보니 간단한 조식과 한국의 전과 비슷한 모양의 작은 부침개가 올라와 있었다.

그 집에는 뚱뚱한 두 할머니와 중년 부부와 여자아이가 살고 있었다. 나는 외출하고 돌아오면 할머니들과 1층 거실 의자에 앉아 함께 시간을 보냈다. 할머니들이 나에게 한국에 대해서 물어보고, 나는 짧은 스페인어로 열심히 설명해드렸다. 처음 만났을 때 내 옆

구리를 찌르며 자기 말 좀 들으라고 화를 내던 그 할머니는, 우리가 떠나던 날 내 손을 잡고 "잘 가"라고 인사하며 걱정해주었다. 알고 보면 친절한 할머니를 급하고 화나게 만든 것은 가난이었다. 새삼 가난이 무섭다는 말이 떠올랐다. 그래서인지 쿠바의 길을 걸을 때면 마음 깊숙이 그 속상함이 떠나지 않는다.

Cuba

사심 100퍼센트

다인

호요~ 소방서에서 청소를 하고 있는 훈남 오빠들을 만났다. 쿠바 어디서도 찾아볼 수 없었던 훈남들이 다 여기 모여있었군! 멀리서 봐도 좋은데 한 명 한 명 가까이에서 보면 더 좋~다. 괜히 아는 길도 “혹시 여기에 어떻게 가야 하는지 아세요?”라고 물어보게 된다.

Cuba

3년 뒤에 죽을 할아버지

다인

초록색 벤치에 앉아계시던 할아버지에게 다가갔다. 그의 이름은 라파엘로 올리비아. 할아버지에게 꿈을 물었다. 할아버지는 향후 5년의 꿈이 말을 사서 타고 다니는 것이라고 했다. 하지만 말을 살 돈이 없기 때문에 그건 "임파서블"이라고 한다. 게다가 할아버지는 3년 뒤에 죽을 거라며 자신의 미래를 예언한다. 계속 돈, 돈, 돈을 외쳐대는 할아버지의 모습은 마치 남은 것 하나 없이 죽음을 기다리는 사람 같아서 정말 속상했다.

할아버지와 그 뒤의 나무를 그림으로 그려서 선물로 드렸다. 내가 길을 나서고도 그 초록색 벤치에 계속 앉아계시던 할아버지는 그림을 접어서 주머니 안으로 넣었다. 그러고는 시가를 꺼내 성냥으로 불을 지폈다.

Cuba

야구선수

민정

여행하는 동안 다인이가 다양한 사람을 만나 인터뷰하는 것을 지켜봤다. 대체로 '꿈'을 물으면 서양인은 '하고 싶은 일'로 받아들이고, 동양인은 '직업'을 떠올렸다.

나는 여행하는 도중, 어느 시점부터 '꿈이란 과연 개인적인 것일까?' 하는 의문이 생겨났다. 꿈은 사회적인 가치와 시대적 상황에서 결단코 자유롭지 못했다.

한국의 아이들은 연예인을 꿈꾸고, 쿠바의 아이들은 야구선수를 꿈꾼다. 아직 가지 않았지만 브라질의 아이들은 축구선수를 꿈꿀 것이다. 과연 시스템을 넘는 절대적 소신이란 존재할까 궁금해졌다.

Cuba

결혼

민정

결혼식 사진을 찍느라 다인이를 30분 이상 기다리게 했다. 뿔난 녀석이 툴툴댄다. 미안하다가도 툴툴대는 데 지쳐 덩달아 화가 난다. 의견이 팽팽할 땐 싸움으로 끝이 맺어질 때가 많다. 결국 함께 살아간다는 것은 얼마나 사랑하느냐의 문제가 아니라 불화를 어떻게 극복할 것이냐의 문제다. 결혼도 마찬가지라고 저 신부에게 조언해주고 싶다.

다인

나는 쿠바의 전통 결혼식을 볼 수 있을 거라고 기대하며 교회 앞을 기웃거렸다. 하지만 다들 서양식 드레스에 샴페인 잔을 들고 신부를 기다린다. 아아! 어딜 가나 서양화되어있구나. 올드 카에서 내린 신부가 사람들의 축하를 받는다. 그녀의 가는 허리가 흔들릴 때마다 하얀 웨딩드레스도 따라 춤추는 모습이 무척 예쁘다. 그러나 그 예쁜 모습이 조금은 실망으로 다가왔다.

Cuba

아이의 속셈

민정

휴게소에 버스가 멈추자 쏜살같이 아이가 달려왔다. 쿠바에서 과자나 음료수 같은 간식거리는 수입품인 경우가 많아 가격이 상당히 비싸다. 강아지처럼 사람들 주위를 어슬렁거린다. 빤한 꿍꿍이가 안쓰럽기도 하고 귀엽기도 해서 과자 한 봉지를 내미니 속내를 들킨 듯 쑥스럽게 인사를 건네며 받는다.

네일아트

다인

빨간 머리의 아주머니가 할머니의 손에 네일아트를 해준다. 쿠바에서는 원래 네일아트가 금지되었다가 2년 전부터 할 수 있게 되었다. 이제 쿠바 길거리에서는 네일아트를 받고 있는 사람들을 종종 볼 수 있다. 쿠바 여자들은 화려한 색을 특히 좋아해서 형광 분홍색이나 빨간색이 인기라고 한다. 머리가 새하얗게 센 할머니도 네일아트를 받으며 아이같이 좋아하고 흐뭇한 미소를 짓는다. 나는 그 모습에 깜짝 놀랐다. 젊든 늙든, 머리가 검든 하얗든, 손이 쭈글쭈글하든 아니든, 꾸미는 여자는 행복에 겨운가보다.

Cuba

정

민정

숙소에 머무는 동안 우리는 굉장히 특별한 사람들 같았다. 알리사 할머니는 방 값도 싸게 해주셨고, 저녁도 원래 가격보다 저렴하게 그러면서도 배가 터질 것 같이 풍성하게 차려주셨다. 게다가 세탁기가 고장나자 손빨래를 해주시겠다고 했다. 물론 사양했다. 할머니는 우리에게 굉장한 축복도 해주셨다. 떠날 때 할머니께 감사의 인사로 피렌체 한국마트에서 샀던 짜장라면 두 봉지를 드렸다. 줄 수 있는 게 있어 행복했다.

알리사 할머니의 사위인 알레인은 1년 전까지 복싱선수였다고 한다. 심장에 문제가 생겨 수술을 한 뒤 격한 운동은 할 수가 없게 되었다. 그 후론 작가가 되고 싶어 현재 성경에 대한 논문을 쓰는 중이다. 그는 떠나는 우리에게 CD 한 장을 주었다. 쿠바의 전통음악이 담긴 CD였다. 가진 게 아저씨만큼이나 없는 우린 가방을 뒤져 CC파우더 새것을 하나 찾아냈다. 아저씨는 괜찮다고 손사래를 쳤지만 물건이 귀한 쿠바에선 필요한 선물일 것 같아 기분 좋게 내밀었다.

Elisa
DISPONIBLE

Cuba

시가

민정

비냘레스의 비옥한 토지에선 최고급 쿠바산 시가가 탄생된다. 시가를 파는 아저씨가 시가 만드는 법을 알려주신다. 시가 하면 체 게바라가 떠오른다. 어릴 때 천식을 앓았음에도 그는 쿠바산 시가를 좋아했다. 그래서 그의 사진에는 좋은 친구처럼 시가가 늘 함께한다.

케네디 대통령 또한 쿠바산 시가 마니아였다. 그는 시가를 사재기한 후에야 1963년 2월 국교단절에 서명했다고 한다. 그러나 사재기한 보람도 없이 그해 11월에 암살을 당했다.

두 사람의 공통점은 쿠바산 시가를 엄청 사랑했다는 것. 차이점은 케네디는 쿠바산 시가만 사랑했고, 체 게바라는 그 시가를 만들어 낸 쿠바와 쿠바 민중까지 사랑했다는 점이다.

Cuba

진정한 어른

민정

아바나 비에하 광장에서 아이들이 '무궁화 꽃이 피었습니다'와 비슷한 놀이를 하고 있었다. 소극적으로 보이는 여자애가 찜을 했는데 무슨 이유인지 술래가 인정해주지 않았다. 억울해진 아이가 바닥에 주저앉아 있다가 선생님이 나타나자 기대어 울기 시작했다. 선생님이 달래주니 아이는 금방 힘을 내어 울음을 그쳤다.
사람은 누군가의 기댈 곳이 되고서야 진정한 어른이 된다.

Cuba

점술사 아주머니들

다인

광장 끝에 작은 테이블을 펴놓고, 하얀 천을 걸친 두 여자가 앉아 있다. 관광객들을 상대로 점을 쳐주는 점술사다. 발길이 줄어드는 늦은 오후가 되자 두 아주머니는 입고 있던 흰 천을 홀랑 벗고, 냉장고 바지와 헐렁한 티셔츠를 꺼내 입는다. 그런 다음 테이블을 접어 두툼한 옆구리 살에 끼고는 유유히 사라진다.

운명을 점치는 점술사가 이렇게 친근하다니! 나는 점술사들의 왼손엔 부적이, 오른손에는 귀신을 쫓는 소금이 있을 거라고 생각했다. 하지만 현실은 달랐다. 점술사 아주머니들의 왼손에는 피자 빵이, 오른손에는 의자와 테이블이 들려있었다.

Cuba

쿠바의 센스

민정

쿠바의 패션 대세 쫄쫄이
너무 과감해서 잊을 수 없다.

Cuba

체 게바라

민정

1967년 10월 9일 12시,

라틴아메리카 해방전쟁에 인생을 바친 한 사나이가 죽었다.

그리고 영원히 살아남았다.

Cuba

비행기

다인

ATM 단말기에서 돈이 나오지 않았다. 우리는 카드 두 개를 가지고 있었다. 하나는 씨티은행에서 발급한 비자카드이고, 다른 하나는 외환은행에서 발급한 마스터카드이다. 은행 직원은 씨티은행과 마스터카드는 미국계 회사라서 쿠바에서는 사용할 수가 없다고 했다. 여기서부터 우리의 험난한 하루가 시작된다.
수중에 남은 5쿡으로는 이틀 동안의 밥값은 물론, 내일 공항으로 가는 택시비(10쿡)조차 모자랐다. 배는 굶더라도 모자란 택시비 5쿡은 절실했다. 열 군데가 넘게 ATM을 찾아다녔지만 실패했다. 나중에는 숙소 주인에게 8쿡짜리 새 샴푸를 5쿡에 팔겠다고 흥정까지(주인아저씨가 대머리여서 실패할 수밖에 없었다!) 했다. 그러다 마지막으로 시내 중심의 5성급 호텔에서 미국인 아주머니의 도움을 받게 되었다. 우리는 공짜로 돈을 주려는 아주머니에게 한국 돈 만 원과 8쿡을 바꿨다. 그녀와 감격의 포옹을 하고, 숙소로 돌아올 때는 이미 해가 진 상태였다. 종일 먹은 거라고는 비빔면 하나. 여하튼 남은 3쿡으로 엄마는 맥주 한 캔을, 나는 쿠바식 환타 하나를 샀다. 쿠바의 파란만장한 마지막 밤을 축하하기에 딱 좋았다.

멕시코

소소한 팁

- 테오티우아칸에는 그늘이 없으니 모자가 필수.
- 남미로 넘어와 누릴 수 있는 것 중 하나가 씨티투어 버스다. 멕시코시티의 경우 4개 노선이 있다. 과달루페성당 방향 노선은 7시가 막차고, 나머지 3개 노선은 9시까지 운행한다. 하지만 우리는 과달루페성당 앞에서 7시가 넘도록 기다렸다. 알고 보니, 7시는 노선 출발시간이 아니라 종료시간이었다.
- 숙소의 욕실 상태가 대략난감이고 물도 차가워 샤워를 할 수 없다면, 미용실에서 머리를 감는 것도 한 가지 방법.
- 멕시코에서는 직접 숙소를 구하는 편이 대부분 저렴했다. 부킹닷컴에서 예약한 과나후아토의 방이 현지에서는 절반 가격이었다.
- 방학 중에는 국제학생증으로 학생할인을 받아 버스를 반값에 탈 수 있다.
- 치와와 주는 다른 주보다 1시간이 느리다.
- 와하카에서 산크리스토발로 가는 버스는 무조건 앞좌석을 확보해야 한다. 우리처럼 아무 생각 없이 맨 뒷자리에 앉으면, 10시간 동안 화장실 냄새와 엄청난 멀미로 고생하게 된다.

Mexico

크리스마스이브

다인

12월 24일 밤, 멕시코시티에 도착했다. 전날에도 라면 한 개로 하루를 때우고, 오늘은 아무것도 먹지 못했다. 레스토랑에는 크리스마스이브라서 음식이 떨어졌다고 한다. 이미 늦은 밤이고 골목이 으쓱해 밖에 나가기도 무섭다.
으으~ 배가 너무너무 고프다! 텔레비전을 틀어 양 캐릭터가 주인공인 만화영화에 눈을 돌려보지만, 시선은 자꾸 배로 간다. 이제는 배가 고프다 못해 아파온다.
과연 내일 아침, 굶어죽지 않고 눈을 떠 멕시코시티의 빛을 볼 수 있을까….

Mexico

테오티우아칸

민정

엄청난 규모와 문명 수준에 사람이 아닌 신들이 만들었다고 여겨졌던 테오티우아칸은 '신들의 도시'라는 뜻이다. 멕시코시티에서 1시간 떨어진 그곳으로 가는 버스를 타기 위해 북부터미널로 향했다. 버스를 타니 신원 확인을 위해 동영상을 촬영 중이다. 오죽이나 납치와 살인 같은 치안 문제가 빈번하면 동영상까지 필요할까 걱정스럽다.

변두리를 지나자 비탈진 산자락에 굴처럼 덕지덕지 붙은 남루한 집들이 시야를 채운다. 시내와는 사뭇 다른 풍경. 소득격차가 극심한 나라답다. 멀리서는 그림 같은 풍경이지만 다가가면 고단한 삶이 민낯을 드러낸다.

멕시코는 세계에서 피라미드가 가장 많은 나라이다. 이집트 피라미드와 큰 차이점은 이곳 피라미드는 제사를 지내는 곳이라는 점이다. 가장 규모가 큰 태양의 피라미드에 오른다. 볕을 가릴 그늘 한 조각이 없다. 이백오십 개의 계단을 오르니 등줄기가 흥건하다. 정상에 오른 사람들은 하늘의 정기를 받으려 손을 뻗는다. 우리도 따라한다.

사람의 심장을 신에게 바쳤던 흔적이 남아있는 달의 피라미드로 가려면 '죽은 자들의 길'을 통과해야 한다. 제물로 바쳐진 인간이 걷던 길, 이질적이고 폭력적인 마술 같은 길을 걸어 달의 피라미드에 올랐다. 희생 없는 삶은 없다고 믿었던 사람들. 인간의 심장은 신을 흡족하게 했을까?

테오티우아칸, '죽은 자들의 길'에 가면 알 수 있다
결국 나도 당신도 우리의 문명도
언젠가는 시간의 제물로 바쳐질 것이란 사실을

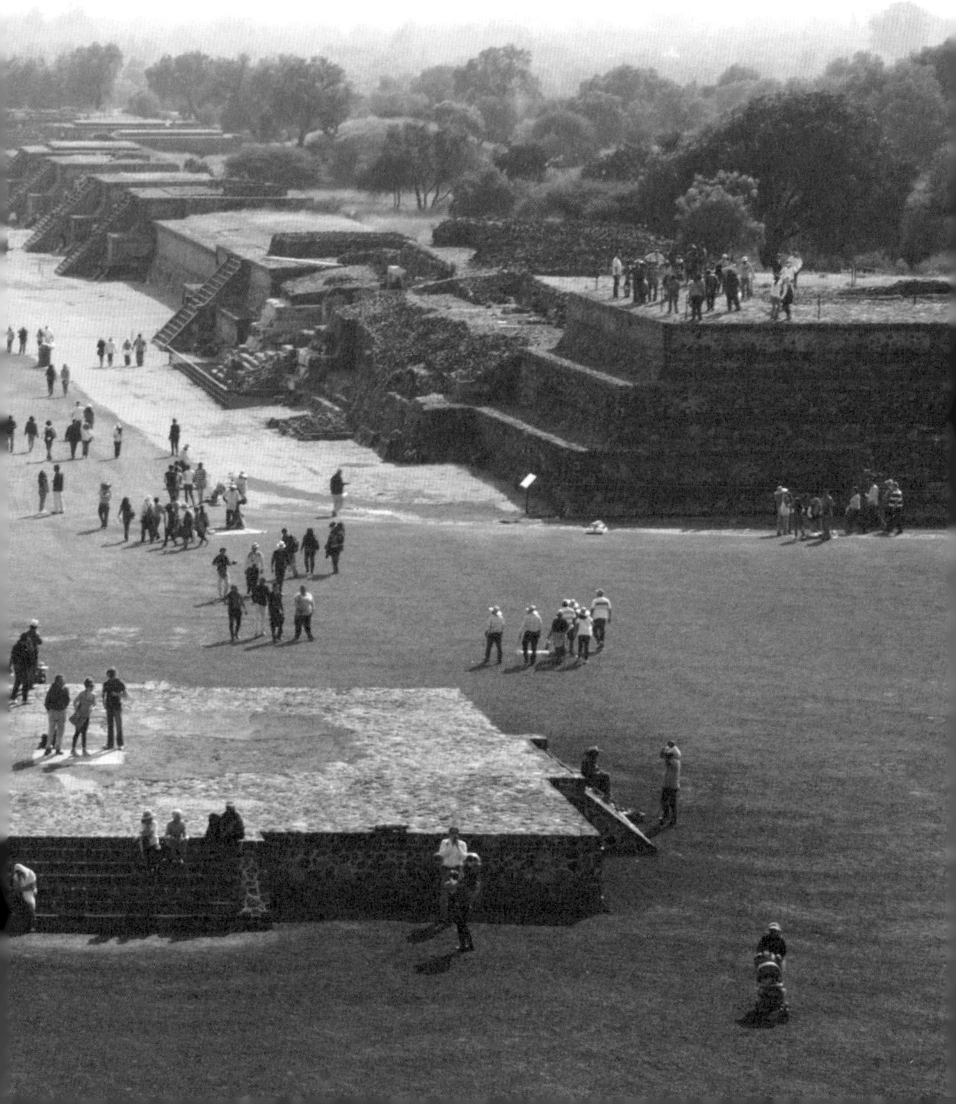

Mexico

소깔로 광장

민정

멕시코시티의 가장 중심인 소깔로 광장을 보며 다인이는 세상이 온통 유럽 같다고 말했다. 대항해시대 식민통치는 남미를 유럽의 짝퉁으로 만들어버렸다.

Mexico

아이들

다인

버스에 탄 아이들은 동양인인 우리가 궁금한지 제발 말을 시켜달라는 눈빛이었다. 8살 죠셉과 다니엘, 10살 마리안과 깨수수는 부모님과 소깔로 광장의 크리스마스트리를 구경하러 가는 길이다. 나는 마리안과 짧은 스페인어로 이야기를 나눴다.

"안녕."

내가 먼저 인사를 했다.

"저는 10살이에요."

마리안이 방긋 웃으며 대답했다.

"영어를 할 줄 아세요?"

"응, 할 줄 알아."

"아, 저는 못해요."

아쉽다는 표정의 마리안. 그러자 버스 안의 모든 사람이 귀여운 마리안을 응원했다.

"응, 나도 스페인어는 잘 못해."

마리안은 영어를 못하고, 나는 스페인어가 짧다. 그러나 우리는 이야기가 통했다.

Elsa

Mexico

엄마는 너무해!

다인

한 가게에서 정말 예쁜 팔찌를 보았다. 민트색 가죽팔찌였는데 30페소(2천4백 원 정도)라고 했다. 엄마한테 달려가 "나 30페소만 줘"라고 했지만 단번에 거절! 다시, 또다시 물어도 엄마는 "안돼!"라고, 너는 그런 거 사면 안 하거나 결국 잃어버린다고 무시한다. 그 뒤부터 입을 삐쭉 내밀고 왕삐침 모드로 들어갔다.

같이 벤치에 앉아있는데, 평소와 달리 조용한 내게 엄마가 팔찌 안 사줘서 삐쳤냐고 묻는다. "아니야, 그런 거 모이면 짐만 되는 걸"이라며 대꾸했다. 그런데 그 팔찌가 뭐라고 어린애처럼 자꾸 눈물이 나올 것 같아서 하늘을 쳐다보았다.

색

다인

파란색 선풍기, 초록색 의자, 노란색 등불, 하늘색 창문…. 나는 사물의 첫인상을 색으로 기억한다. 산미겔데아옌데의 골목에는 여러 색이 숨어있다. 자기 지위를 과시하고 싶은 화려하고 강렬한 색이 있는 반면, 비오는 날 하늘처럼 칙칙한 회색도 있다. 어울리지 않는 색도 있고 세련되게 차려입은 조화로운 색도 있다. 이렇게 색들을 감상하다 보면 색들마다 색다르게 보인다.

Mexico

멕시코인들에게 죽음이란

민정

삶은 꿈에 지나지 않으며 죽음을 통해 진정으로 깨어난다고 믿었던 아즈텍인들에게 해골은, 전리품인 동시에 죽음과 부활의 상징이었다. 전통문화와 종교가 무참히 파괴되고, 기독교 인구가 전체의 80퍼센트가 넘는 멕시코. 이곳에서 죽음에 대한 생각만은 식민지화되지 않고 살아남았다.

> 뉴욕, 파리, 런던 사람들에게 죽음은 입 밖에 내지 말아야 할 금기어다. 하지만 멕시코 사람들은 다르다. 그들은 죽음에 늘 관심을 갖고 자주 말하며, 죽음과 함께 잠들고 죽음을 축하한다. 그들에게 죽음은 가장 좋아하는 놀이이고 영원한 사랑이다.
>
> _ 옥타비오 파스

Mexico

노래

다인

밤하늘 아래 주황색 전등 한 개가 좁은 골목을 비춘다.

갑자기 아이들이 우루루 나타나더니 공을 차고, 노래를 부른다.

"si van a llegar los reyes falalalalalalalala."

〈Deck the hall〉을 개사한 〈왕들이 진짜 오신다〉라는 노랫말이다. 여기서 왕들은 아기 예수가 태어나던 날, 선물을 가지고 예수를 찾아온 세 명의 동방박사(캐스파, 멜콰이어, 발타살)를 뜻한다. 전통적으로 멕시코에서는 1월 6일이 되면 아이들이 이 노래를 부른다. 지난 한 해 동안 착한 일을 많이 한 아이들에게 동방박사가 선물을 주기 때문이다. 고요하던 골목이 아이들의 소란스러운 소리로 가득 찬다.

Mexico

돈

민정

남미에선 길을 헤매지 않는다. 유럽에선 감히 엄두도 내지 못했던 택시를 애용하기 때문이다. 가방의 무게도 전혀 문제가 되지 않는다. 돈이 모든 걸 해결해준다! 터미널에서 택시를 잡아 타고 숙소를 말하자 택시가 망설임 없이 씽씽 달린다.

1548년 주변 산에서 은광이 발견되면서 건설된 과나후아토는 지하 도시처럼 미로 같은 터널이 얼기설기 뚫려있다. 18세기에는 세계 최대 은 생산지로 번영을 누렸다.

택시기사는 숙소가 아닌 도로가에 우릴 내려주며 계단을 가리켰다. 건물 몇 개 층은 될 것 같은 끝도 보이지 않는 가파른 계단에 숨이 턱 막혔다. 이런 제길! 저 높은 계단을 짐을 들고 어떻게 오를까 망연자실하다. 계단에 앉아있던 한 할아버지는 괴로워하는 우리가 재미있다는 듯 연신 실실 웃으며 위쪽을 가리킨다.

돈이 모든 걸 해결해주지는 않는다!

TAXI

Mexico

외로움

민정

멕시코시티에서 앓았던 감기가 케레타로부터는 다인이에게 옮겨갔다. 결국 오늘은 나 혼자 골목 여기저기를 돌아다녔다. 홀가분한 반면 여행 와서 처음으로 쓸쓸하다. 다른 장기여행자들은 간혹 외로움을 느끼기도 한다는데, 지금까지 다인이와 함께해서 외로움은 없었다. 다인이는 내게 집이고, 늘 집과 함께 다니니 외롭거나 쓸쓸하지 않았던 게다. 가끔은 쓸쓸한 것도 외로운 것도 좋다. 그럴수록 나의 집이 소중해질 테니까.

산동네

민정

삐삘라 동상이 있는 전망대에서 계단을 따라 내려가며 골목의 사람들을 보았다. 할아버지 한 분이 불편한 다리를 한 발 한 발 디디며 계단을 내려가고 있었다. 또 다른 할아버지는 길가에 앉아 통증이 오는 무릎을 잡고 점점 인상이 굳어졌다. 계단을 오르거나 내려가는 노인 중 다리가 성한 사람은 하나도 없었다. 내 다리 상태가 나빠지면서부터, 다리가 불편한 사람들이 부쩍 눈에 띄기 시작했다.

프랑스라면 이런 전망 좋은 산동네에는 예쁜 집들이 들어서 부촌을 이뤘을 것이다. 그러나 여기선 차가 다닐 수 없는 계단이 버티고 있고, 그 불편함만큼 가난이 찾아든다. 과나후아토 산동네 사람들에게 계단은, 삶이 곧 고난이고 고통이라는 신호처럼 보인다.

꽃들이 눈을 감는 소리, 가로등이 깜박이는 소리,
구름이 어두워지는 소리, 엄마의 자장가 소리,
밤이 오는 소리

Mexico

연인

다인

"남소 구함!"

"아아~ 연애하고 싶다!"

친구들과 페이스북이나 카카오톡을 하다보면 흔히 나오는 대화들이다. '남소 구함'은 '남자를 소개해줄 사람을 구한다'는 말이다. 과나후아토의 시내에서 계단을 오르다 보면 작은 광장이 나온다. 그 광장의 벤치에 연인으로 보이는 남자와 여자가 앉아있다. 남자는 통기타를 치며 노래를 부르고, 여자는 수줍은 미소를 지으며 그 모습을 바라본다. 내 또래 친구들은 다 연애를 하며 설레는 기분을 느끼고 싶다고 말한다. 친구들은 "잘생기고 예쁘면 무조건 좋다!"라고도 말한다.

하지만 저 둘을 바라보고 있으니, 같이 있을 때 아름다워 보이는 연인이 가장 잘생기고 가장 예쁜 것 같다는 생각이 든다. 두근두근, 언젠간 나에게도 사랑이 찾아오겠지?

Mexico

이달고

민정

유적지를 갈 때마다 벽화에서 보는 얼굴 중 하나가 비로 이달고 신부다. 이달고 신부는 1810년 9월 16일 돌로레스에서 스페인 식민정부에 대항하여 600명의 신자들과 함께 봉기했다. 이듬해인 1811년 3월 체포되어 처형되었지만, 그의 순교는 많은 사람에게 영향을 주었다. 멕시코 독립기념일이 독립이 완성된 날이 아니라 '돌로레스 선언'을 한 9월 16일이라는 점에서도 이달고 신부가 차지하는 비중을 가늠할 수 있다.

할리스코 주 과달라하라 청사에 가면, 멕시코 벽화운동의 3대 거장으로 꼽히는 호세 클레멘테 오로스코의 〈일어나라, 이달고〉를 볼 수 있다. 문맹률이 높은 멕시코인에게 혁명의 의미와 목적을 전달하려는 수단으로 그려진 벽화다. 돌이켜 보면 더 나은 세상을 만들기 위해 희생한 수많은 목숨을 우리는 너무 당연하고 가볍게 받아들인다.

급이 다름

다인

엄청 춥다는 치와와 시에 갈 것을 대비해 과달라하라의 쇼핑거리에서 기모바지를 39페소(약 3천 원)에 샀다. 옷가게엔 죄다 현지인 아주머니들 사이즈에 맞는 라지 사이즈의 큰 옷들이, 식당에는 무려 3리터짜리 음료수들이 보인다.
멕시코 사람들은 밥을 먹을 때 음료수를 많이 마신다. 3리터짜리 음료수를 식탁에 놓고, 한 끼 식사를 하는 동안 그 음료를 다 마셔버린다. 이들의 주식인 타코는 크기도 작고 양도 적은데 '여기 사람들은 왜 살이 찔까?' 하고 생각했는데, 그 이유가 아무래도 음료수에 있는 것 같다. 가끔 식당에서 음료수를 안 시킨다고 하면, 멕시코 사람들은 '으잉?'이라는 표정으로 이해가 안 된다는 듯이 우리를 쳐다본다.
라지 사이즈의 옷도, 3리터짜리의 큰 음료수도… 역시 우리랑 급이 다르다!

Mexico

로스 모치스, 과장되고 부풀려진 위험

민정

치와와 태평양 철도는 멕시코 서부 로스 모치스에서 구리협곡을 지나 치와와 시를 연결하는 열차다. 엘체페라고도 불리는 이 열차를 타기 위해, 멕시코 북부에 도사리고 있는 신변의 위협을 무릅쓰고 로스 모치스까지 왔다. '치와와'와 '로스 모치스'는 멕시코시티 인포메이션에선 위험해서 가지 말라는 곳이었고, 케레타로 인포메이션에선 투어나 그룹이 아니면 둘이서는 나다니지 말라고 했던 곳이다.

과달라하라 인포메이션에 와서야 치와와는 조심해서 다니고 로스 모치스는 위험하지 않다는 얘기를 들을 수 있었다. 총격전이 늘 일어날 것 같던 도시는 평범했다. 도시와 거리가 멀수록 사람들은 과장되고 부풀려진 사실만 알고 있었다.

내일 기차를 타야 하기 때문에 미리 표를 끊으려고 숙소에서 나와 기차역으로 갔다. 텅 비어있었다. 새벽에 떠나는 기차가 한 대 뿐인 역에 오후까지 역무원이 있을 필요가 없나보다. 먼지만 날리는 역전, 버스는 언제 올 지 모르고, 인포메이션의 말처럼 위험하지는 않다. 하지만 아무도 없어서 도리어 이제는 어떻게 숙소로 돌아갈지가 문제다.

Mexico

협곡의 호텔에서

민정

치와와 태평양 횡단열차의 하이라이트는 디비사데로 구간이다. 열차는 이 구간에서 15분간 정차하여, 사람들에게 경치를 감상할 수 있는 시간을 준다. 하지만 치와와 주 남서부에 위치한 길이 5만 9,545킬로미터의 거대한 구리협곡을(미국 그랜드캐니언보다 깊고 크다) 15분 만에 감상하기엔 턱없이 부족하다.

우린 여기서 내려 유명한 '절벽 위 호텔'에서 하루를 머물렀다. 숙박을 할 수 있는 시설이라곤 값비싼 호텔 두 개 뿐이라 돈을 좀 썼다. 하지만 협곡 바로 위의 호텔에 들어서니 돈 따위는 전혀 아깝지 않을 만큼 방에서 보이는 협곡의 풍경이 장관이었다. 석양이 비친 협곡에 구릿빛이 맴돈다하여 '구리협곡'이란 이름이 붙여진 곳. 노을에 물들어 가는 풍경은 어렵게 찾아 온 보람을 느끼게 한다. 마음 깊은 곳까지 청량해진다. 여기서 여행을 멈추고 매일 석양을 바라보며 한없이 머물고 싶다.

Mexico

짚라인

다인

“여기까지 왔는데 당연히 짚라인을 타야지!”라고 생각했지만, 막상 디비사데로 절벽 끄트머리에 서니 너무 무서워져서 케이블카를 타러 간 엄마가 부러웠다. 게다가 나랑 같이 타는 옆의 아저씨는 자꾸 나보고 먼저 가란다.

협곡의 절벽 사이를 이어놓은 짚라인은 보기만 해도 아찔하다. 그래도 두 눈 다 뜨고 출발! 위이이이잉~ 거대한 협곡의 바람이 자꾸 발목을 잡고, 콧물을 줄줄 날리게 한다. 내 옆의 아저씨는 새롭게 출발할 때마다 항상 나보고 먼저 가라고 한다. 심지어 흔들다리를 건널 때도 무조건 나를 기다리고는 나부터 가라고 한다.

‘내가 먼저 가서 안전한지 확인이라도 해보라는 거야 뭐야! 흥 남자가 쪼잔하게 말이야!’

하지만 쪼잔한 겁쟁이 아저씨도, 매서운 절벽의 바람도, 내 입에서 뿜어져 나오는 감탄사를 막을 수는 없었다.

“우아아아아아! 최고다앗!”

가벼운 발

민정

오래 달리는 것으로 유명한 '가벼운 발'이란 뜻의 라라무리족은 치와와 구리협곡에 산다. 스페인 식민지 시절 금과 은을 쫓는 정복자들에 의해 채광 노예가 되기도 한 라라무리족은, 문명의 홍수 속에서도 여전히 구리협곡의 거친 삶을 이어가고 있다.

화려한

민정

원주민의 전통 복장은 화려하다.

현대의 옹색한 삶과는 대조적이다.

원주민은 하나하나의 종족마다 개별적인 문화를 지닌 품위 있는 존재였다.

Mexico

더 이상은 없어

민정

그들의 나이는 십육 개월, 열일곱, 열여덟, 열아홉, 스물, 스물하나, 스물둘, 스물여덟, 스물아홉, 서른셋, 서른넷, 서른여섯이었다.
2008년 8월 16일, 크릴에서는 무슨 일이 있었던 걸까?
'더 이상은 없어. 도살.'
십자가에는 피 끓는 염원과 추도의 마음이 기록되어있었다.

Mexico

노래

다인

총싸움이 자주 일어나 정말 위험하다는 치와와! 하지만 실제로 와 보니 밤에 돌아다녀도 끄떡없었다. 밤에 치와와 성당 앞 광장에 앉았다. 뒤집힌 모자를 발끝에 놓아두고 기타를 치며 노래하는 사람들이 보였다. 갑자기 그들이 다가왔다.
아차, 밤이라서 우린 숙소에 돈을 다 두고 왔다. 나는 다급히 "저기, 우리는 지금 돈을 다 두고 와서 좋은 연주를 해주어도 아무것도 나누어줄 수가 없어요. 정말 미안해요"라고 정중히 사과했다.
그들은 하하하하 호탕하게 웃었다. 자신을 마누엘이라고 소개한 한 청년은 그럼 팁 대신 서로 노래를 나누면 어떻겠냐고 제안했다. 그는 기타를 치며 자신이 만든 사랑 노래를 들려주었다. 스페인어라 잘 알아듣지 못하자, 가사를 번역해주었다. "나는 책을 덮듯이 사랑을 덮는다"라는 노랫말이 기억에 남는다.
그들은 갑자기 우리에게 한국 노래를 불러보라고 한다. 당황하니 머리가 하얘진다! 우리는 유치하지만 동요 〈곰 세 마리〉를 귀여운 손동작을 보태 불렀다. 마누엘과 동료들이 부끄러워하는 우리에게 박수를 쳐주었다.

Mexico

딸의 배려

민정

오늘 밤엔 쿨페스티벌이 열린다. 캐치프레이즈는 '추위를 추위로 이기자!'이다. 전통 의상을 입고 추는 민속춤도 선보였고 장기자랑도 이어졌다. 페스티벌의 절정은 유명 마리아치 팀의 공연. 금관악기의 쩌렁쩌렁한 소리에 구경하는 사람들의 춤판이 벌어졌다. 멕시코 아주머니 아저씨의 막춤 사이에서 나도 질세라 신나게 막춤을 추며 온몸을 불살랐다. 희한하게도 막춤을 추는 동안은 다리가 아프지 않았다. 다량의 엔도르핀이 분비된 게 틀림없다.

신나게 한판 잘 놀고 숙소로 향하는데, 다인이가 엄마가 창피했다고 말한다. 하지만 엄마는 어차피 늙을 테고 이런 기회도 별로 없으니 하루라도 더 젊을 때 놀아야 할 것 같아 말리지 않았단다. 사춘기 소녀에게 남의 시선이란 한국이든 외국이든 중요한 문제일 것이다. 그럼에도 다인이는 엄마를 배려했다. 추운 겨울밤, 다인이의 이 작은 배려가 훈훈하게 마음을 녹여주었다.

추위는 추위로 이기자는 쿨페스티벌, 나는 추위를 딸의 배려로 녹일 수 있었다.

Mexico

모자

다인

멕시코 어딜 가도 누구나 쓰고 있는 모자! 다 같이 모자를 쓴데다가 땅딸막하고 몸도 통통하다. 마치 인형들 같다. 그 인형들이 입을 모아 이렇게 외칠 것 같다.

"올라 세뇨리따!"

Mexico

낭만적인 춤

민정

군중 속에서 마치 두 사람만 있는 것 같았다.
사랑은 지금이라는 듯,
달달한 눈길로 서로를 응시하며 춤을 춘다.
어머, 낭만적이어라!

이국적인 밤

다인

'아이 뭘 또 새삼스럽게~'

벌써 여행의 반도 더 지나왔구만….

달이 뜬 산토 도밍고 성당은 새로운 나라에서 밤을 맞이하는 내게,

나름 쓸모 있는 시간 속에 잘 살아가고 있다며 안심시킨다.

Mexico

지키고 싶은 것

민정

돈을 달라고 했다. 처음엔 10페소 다음엔 5페소. 싫다고 하자 꼬마는 나를 향해 욕하고 조롱했다. 처음엔 그러다 말겠지 하며 두고 보았지만, 어른조차 아이의 이야기를 듣고 동조하며 킥킥댔다. 수위를 넘은 아이를 따끔하게 혼냈다. 어른은 입을 다물고 아이는 도망쳤다.

길을 가는데 허름한 집에서 아이들이 나와 돈을 달라고 했다. 모른 척하자 깁스를 한 남자아이를 데리고 왔다. 딱한 처지 같아 그 집으로 들어가 물건을 하나 팔아주었다. 물건을 사서 나오는데 아이들이 달려들어 돈을 달라고 했다.

잠시 후 전통 복장을 한 남자들이 교회에 입장해 제사를 지냈다. 사진은 절대 찍으면 안 된다고 해서 물끄러미 구경만 했다. 자신들의 전통에 대해서는 완고할 정도로 융통성이 없었다. 전통 옷을 입고 전통에 따라 제사를 지낸다고 전통을 지키는 것은 아니다. 강경하게 룰을 지키는 것은 신념이 있기 때문일 것이다.

하지만 전통문화를 지키는 마을 사람들은 전부 거지와 다를 바 없었다. 제사를 구경하는 데도 돈을 달라고 하고, 길을 가면서도 돈을 달라고 했다. 조상들이 가졌던 자긍심을 지켜내지 못한다면 그 어떤 대단한 전통이라도 의미를 상실한다.

Mexico

기도

다인

마야의 전통을 유지하며 살아가는 마을 차물라. 광장에 있는 산 부안 교회에 들어갔다. 자욱한 연기 속에서 수많은 사람이 초들을 2열로 세우고 불을 붙인다. 그들 앞에는 탄산음료 여러 병이 보인다. 사람들은 낮고 낯선 언어로 이상한 말들을 중얼거리며 기도를 올린다. 그러곤 살아있는 닭이 든 보따리를 들어 올려 불길 위에서 천천히 돌린다. 그 닭 보따리를 가족의 몸에 비비기도 한다. 특이한 종교의식에 깜짝 놀라 관광객 정보센터에서 일하는 언니에게 여러 가지를 물어봤다. 이 모든 의례가 영혼을 정화시키는 일이고, 그들이 중얼거리던 말은 치아파스 주에만 쓰이는 첼탈(Tzeltal)이라는 마야 인디오 일파의 언어일 것이라고 한다. 아픈 사람이나 허약한 사람의 몸에 닭을 비비면 나쁜 기운이 사라진다고, 탄산음료의 기포들에는 영적인 치료능력이 있다고 믿는단다. 언니는 사람들이 특히 코카콜라를 좋아한다는 말을 넛붙였다.

Mexico

공항

다인

툭스틀라 국제공항에서 노숙을 할 생각이었다. 다음 날 아침 7시 비행기를 타기 위해 티켓 영수증을 뽑는데, 체크인 카운터의 직원이 공항은 11시에 문을 닫는다고 한다. 지금 우리는 갈 데가 없다고 여기에 있으면 안 되냐고 묻자, 직원은 일단 우리가 타는 항공사의 사무실로 가보라고 했다. 카운터 직원, 항공사 사무직원, 다시 누구누구들, 마지막으로 공항 책임자까지…. 한 단계 한 단계 높은 사람을 찾아다니며 사정을 했다.

하지만 결국 룰 때문에 공항에 남을 수는 없었다. 세상엔 노력으로 안 되는 일도 있나보다. 공항 책임자는 일단 툭스틀라 시내로 가 하루를 묵고 내일 아침 다시 공항에 오는 수밖에 없다고 했다. 알겠다며 뒤돌아서 엄마한테 걸어가는데 참았던 눈물이 뚝뚝뚝뚝 떨어졌다. 최선을 다했지만 실패했다. 아무리 노력해도 안 되는 게 있었다. 엄마는 나만큼은 속상하지 않은지 빙긋 웃으며, 노력한 자만 눈물을 흘리는 것이라고 위로해주었다.

Mexico

오토바이맨

민정

택시비만 왕복 600페소. 우리 돈으로 4만 5천 원 정도라 아깝다는 생각이 들었지만, 금세 마음이 바뀌었다. 공항 노숙과는 비교도 안 되는 안락한 숙소였다. 비록 4인 도미토리지만, 입김이 나오던 산크리스토발의 숙소와는 다르게 따뜻하고 뜨거운 물이 펑펑 나오는 곳이었다.

거실에서 만난 30대 초반의 캐나다인은 자기 꿈을 모른 채 여러 일을 하다 고민 끝에 여행을 결심했다고 한다. 그도 꿈에 대한 답을 찾기 위해 캐나다부터 아르헨티나까지 아메리카 대륙을 1년간 오토바이로 둘러볼 생각이라고 했다. 오토바이맨이 칠레 끝에서 답을 찾을 수 있을지는 알 수 없다. 다만 후회하지는 않을 거란 생각이 들었다. 물론 다인이도 마찬가지고.

콜롬비아

소소한 팁

- 해발 2,600미터에 위치한 수도 보고타에선 화창한 날씨를 기대하지 말 것!
- 아무한테나 길을 물어봐야 소용없다. 동네를 잘 알 것 같은 상점 주인이나 현지 주민에게 물어야 시간 낭비를 줄인다. 하지만 맛집이나 관광지는 오히려 관광객이 더 잘 알 때가 많다. 묻기 전에 상황 파악부터 하자.
- 버스 좌석에 앉으면 다른 사람이 자연스럽게 자신의 무릎 위에 짐을 올려놓을 수 있다. 이상하게 생각 말고 자연스레 받아주도록.
- 보고타의 대표적인 교통수단은 트렌스밀리오네. 이 버스는 교통카드를 찍고 타야 하는데, 출퇴근 시간에는 요금이 조금 더 비싸다.

Colombia

조심하세요!

민정

경찰이 우릴 불러 세웠다. 무슨 일인가 걱정스럽게 바라보니, 경찰복을 입지 않은 사람이 경찰 행세를 하며 물건을 훔쳐가는 경우가 있으니 조심하라고 주의를 준다. 영국 여론조사업체 '유거브'가 발표한 자료에 따르면 '여성이 여행하기 가장 어려운 도시' 1위에 콜롬비아 보고타가 꼽혔다고 한다.
그 때문인지 공항버스에 탄 순간부터 보고타 시민들의 주의와 당부가 쏟아졌다. 방금 전 길에서 만난 아저씨도 우릴 보고 예쁘다는 칭찬 끝에 카메라를 잘 챙기라며 주의를 주셨다. 길을 가다보면 하루에도 몇 번씩 사람들은 우리에게 다가와 조심하라고 조언을 하고 걱정을 해준다.
보고타에서 5일을 지내는 동안 운이 좋은지 아무 문제없었다. 무섭기보단 사교적이고 다정한 사람들 덕분에 축축하고 비만 오는 구질구질한 날마저 따뜻하고 밝게 보였다.

Colombia

대학가 풍경

민정

대학가 수변에 숙소를 얻었다. 저녁이면 동네가 시끌벅적하다. 삼삼오오 모인 사람들은 술을 마시고, 노래를 하고, 춤을 추고, 묘기를 부린다. 긴 머리가 멋진 할아버지가 젬배를 치고, 단정한 분위기의 학생이 기타를 치며 노래를 한다. 노인과 학생의 조화가 음악만큼 흐뭇하다. 덩달아 주변 분위기도 고조되어 모두들 흥에 취했다.
분위기가 달아오르는데 경찰들이 나타나 찬물을 끼얹었다. 흥을 돋구던 노래가 멎고 사람들이 얌전히 떠나갔다. 연유를 묻자 주변 사람들에게 피해가 되기 때문에 웃고 떠들며 즐길 수 있는 시간은 10시까지란다. 아쉽지만 잠자리만큼은 조용할 테니 한편으로는 다행이다.

Colombia

외발자전거

다인

초등학교 3학년 생일이었나? 그토록 원하던 외발자전거를 엄마가 사왔다. 너무 기뻐서 그날부터 벽을 잡고 열심히 연습했다. 하지만 얼마 가지 않아서 금방 흥미를 잃었고, 외발자전거는 창고로 들어갔다. 보고타의 지붕 위에서 외발자전거를 타고 있는 조각상의 모습에 가슴이 조마조마했다.

'아! 저거 보면 또 엄마가 몇 시간이고 잔소리를 시작할 텐데?'

역시 설마가 틀리는 법은 없다.

"너 내가 어릴 때 노란색 외발자전거 사준 거 기억나?"

엄마의 잔소리가 시작된다.

Colombia

세리머니

민정

대통령 궁전 앞 광장에 상당한 인파가 모여있었다. 시위를 하나 싶어 구경을 갔는데, 알고 보니 '아메리카'란 보고타 축구팀의 생일이란다. 팬들이 생일을 축하하기 위해 광장으로 집결했다고 한다. 보고타 사람들은 사교적이다. 나에게도 '아메리카 사람들'이라는 문구가 적힌 티셔츠를 주며 기쁨을 함께 나누자고 했다. 졸지에 나는 알지도 못하는 축구팀 '아메리카'의 응원단이 되어, 그들과 함께 뜻도 모를 구호를 목이 터져라 외쳐댔다.

"아구안떼 아메리카!"

Colombia

뚱뚱이

다인

중학교 때 풍요와 다산의 상징인 비너스의 모습을 닮은 뚱뚱한 꼭두각시 인형을 만든 적이 있다. 내 인형은 배가 뽈록 나오고, 허벅지도 굵었다. 얼굴도 사람들이 원하는 눈이 크고 코가 오뚝한 모습과는 거리가 멀었다. 그렇지만 나는 내가 만든 뚱뚱한 인형이 마음에 꼭 들었다.

그런데 페르난도 보테로도 나처럼 뚱뚱함에서 새로움을 느꼈나보다. 우씨! 보테로보다 먼저 태어났으면, 내가 원조 뚱뚱이 장인이 될 수도 있었을 텐데. 아쉽군, 아쉬워!

Colombia

소금 성당

다인

1932년, 지하 200미터 소금 광산 안에 지어진 시파키라의 소금 성당. 광산에서 일하는 광부들이 기도하기 위해 만든 그 옛날의 성당이 아니라 관광용으로 새롭게 지어진 것이다. 성당 안의 벽은 전부 소금으로 되어있었다.
혼자 화장실을 가는 도중, 벽에서 소금을 긁어 먹어보는 중년 부부를 발견했다(여기서는 소금을 긁어 먹는 모습을 흔히 볼 수 있다). 나는 "저도 조금만 주세요"라고 부탁해 작은 소금 덩어리를 얻어냈다. '옛날 소금 광부들이 맛보던 소금과 똑같겠지'라는 생각으로 짠 소금을 맛보다 보니, 내가 소금 광부의 딸이라도 된 느낌이다.

에콰도르

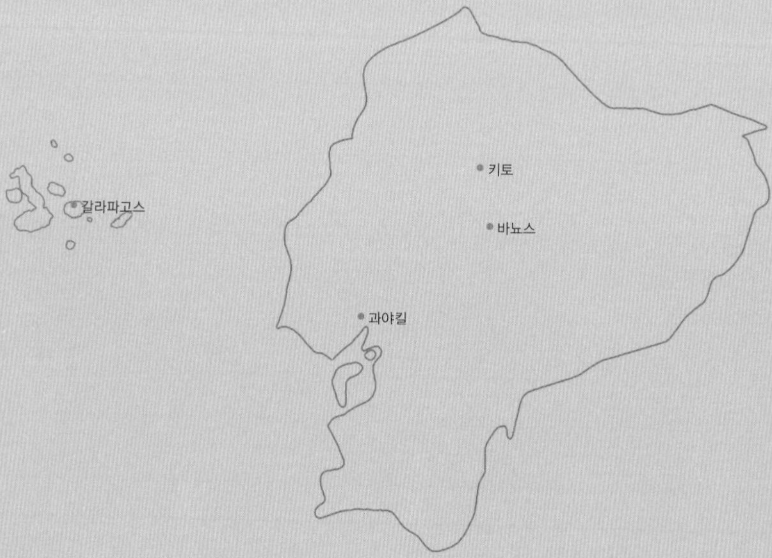

소소한 팁

- 다쳐도 걱정 없다. 병원을 무료로 이용할 수 있다.
- 바뇨스에서 래프팅을 할 땐 안경을 주의해야 한다. 다인이 안경알 중 하나는 지금도 바뇨스의 강바닥에 잠자고 있다.
- 습하고 더운 갈라파고스에서는 새벽이 활동하기에 좋은 시간이다.
- 바다사자 습격 주의!
- 갈라파고스 제도는 입도 심사가 까다롭다 공항 도착 시간을 여유 있게 잡아야 비행기를 놓치지 않는다.
- 물가가 비싸기 때문에 체류 일정에 따라 생필품을 준비하면 경비 부담이 줄어든다. 단 생과일, 생채소는 생태계 보호를 위해 반입할 수 없다.
- 갈라파고스 제도로는 동물을 데리고 들어갈 수 없으며, 섬에 있는 동물과도 2미터 이상 거리를 유지하고 절대 만지면 안 된다.

Ecuador

기니피그

다인

바뇨스의 길거리에는 구워진 기니피그들이 흔히 보인다. 주위 테이블에서는 사람들이 이빨을 드러낸 기니피그 통구이를 맛있게 먹고 있다. 내가 그 모습을 바라보는 것을 눈치챈 주인아주머니가 먹어보라며 이리오라고 손짓한다.

맙소사! 나는 고개를 휘저으며 뒷걸음질 쳤다. 당장 도망쳐야 한다!

Ecuador

원초적 본능

민정

바실리카 성당의 전망대, 키토 시내가 한눈에 내려다보인다. 아름다운 스테인드글라스와 정교한 세공의 첨탑. 한마디로 고급스럽다. 하지만 돈 꽤나 썼을 것 같은 고급스러운 성당에서 가장 기억에 남는 일이 화장실을 찾아 이쪽저쪽 땀을 삐질삐질 흘리고 다녔던 저렴한 기억이라니, 원초적 본능보다 강한 기억이란 없다니….

싫다!

Ecuador

물축제

민정

키토의 식당, 식당 아주머니의 6살짜리 막내딸이 다인이에게 눈스프레이를 뿌렸다. 식당 아주머니가 미안하다며 휴지를 주고 아이를 나무랐다. 그러고 보니 에콰도르 마트의 메인 가판대는 각종 눈스프레이로 가득 차있었다. 요즘 에콰도르 아이들 사이에선 특이한 상품이 인기 있나보다 했는데, 물축제의 필수품이란다.

브라질 리우데자네이루에서 삼바축제가 열리는 동안 에콰도르도 물축제가 벌어진다. 예전에는 옥상에 올라가 지나가는 사람에게 양동이로 물을 퍼붓는 퍼포먼스가 유행이었지만, 지금은 눈스프레이가 그 자리를 대신하고 있단다. 거품세례를 당해도 화내거나 툴툴대지 않고 기꺼이 거품목욕을 하는 축제다. 앗! 얼굴에 거품을 뒤집어쓴 사람들이 내게 다가오고 있다.

화장

민정

다인이가 6살 때 물감으로 얼굴에 그림을 잔뜩 그린 적이 있었다. 내가 "그림 그렸니?"라고 물으니 화장을 한 거라고 대답했다. 그러고는 덥다고 아이스크림을 사달라고 조르며 뜬금없이 노래를 부르기 시작했다.

"아프리카 사람들은 정말 좋아요. 우리들을 만나면 케키 사주고, 케키 먹고 배탈 나서 병원에 가면, 호박 같은 간호사가 웃고 있어요"라는 가사였다. "시골 영감 처음 타는 기차놀이라~"로 시작하는 〈서울구경〉 멜로디에 가사를 바꾸어 부른 것이다. 도대체 어디서 배웠는지 한동안 그 노래를 불렀다.

얼굴에 예쁜 화장을 한 에콰도르 꼬마를 보니, 아이스크림 사달라고 노래를 부르던 천진했던 그때의 다인이가 떠올랐다. 생각해보면 10년의 시간이 흘렀을 뿐인데, 그 꼬마 소녀는 다리 아픈 엄마를 대신해 캐리어에 배낭 두 개를 메고 다니는 든든한 동반자가 되었다. 나중에 돌아보면 우리의 여행도 눈 깜짝할 만큼의 순간일 것이다.

더, 더, 더! 추억들을 쌓아가야겠다.

Ecuador

이구아나

다인

함께 걷고,

함께 헤엄치고,

서로의 소리를 들으며,

함께 쉰다.

갈라파고스에선 이구아나가 될 수 있다.

슈퍼영웅

민정

모래사장에 앉아 바다사자가 헤엄치는 모습을 구경했다. 조용하게 헤엄치던 바다사자가 물속으로 한순간 사라지더니 모래사장 위로 솟구쳤다. 재난영화의 한 장면처럼 바다사자를 피해 정신없이 달렸다. 바다사자는 생각보다 빨랐다. 한 팔만 뻗으면 닿을 거리, 당황해서 넘어졌다. 팔로 대항해봤자 살점만 뜯겨나갈 것이다. 짧은 순간, 오만 가지 생각이 교차했다. 이러다 바다사자 밥이 되겠구나 싶었다. 녀석이 마지막 발을 내딛는 순간, 슈퍼영웅처럼 다인이가 나타났다.

"우와아아아아아아허허허허허!"

괴물 같은 소리를 지르며 팔을 버둥거리며 달려왔다. 바다사자는 고개를 돌려 다인이를 쫓기 시작했다. 따라가다 지쳤는지 녀석은 컹컹거리며 바다로 유유히 사라졌다. 주변에는 남자도 많았다.

하지만 위험한 순간이 오자 단 한 명도 나서지 않았나. 어려울 때 초인적인 힘을 발휘하며 달려온 건, 오직 다인이 뿐.

내게 다인이보다 훌륭한 슈퍼영웅은 없다.

바다사자

다인

“끄엉끄엉!”

아기 바다사자가 엄마 신발을 빼앗아갔다.

“야! 내 꺼야!”

엄마는 광분했다. 엄마는 막대기로 신발을 끌어오려고 하고, 그때마다 아기 바다사자가 “끄엉” 화를 냈다. 아기 바다사자는 아예 신발을 배 밑에 깔고 엎드려 능글맞은 표정을 짓고, 엄마는 아기 바다사자처럼 씩씩거렸다. 이 전쟁의 끝은 어떻게 될까?

흥미진진하다.

페루

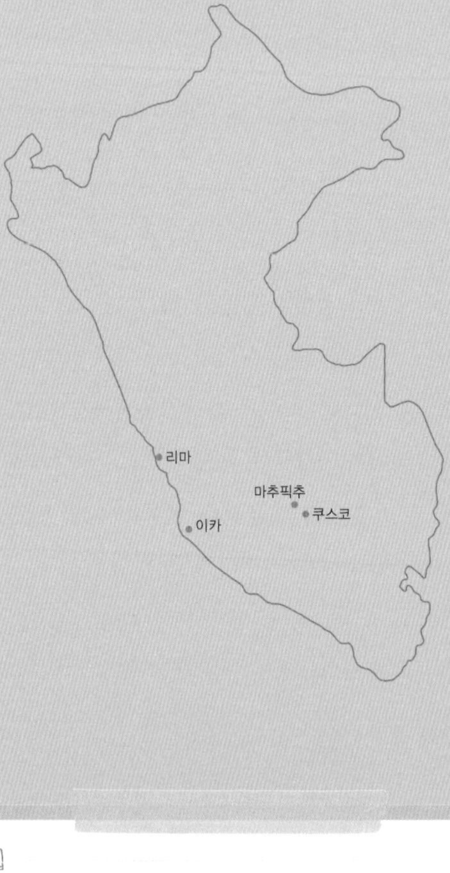

소소한 팁

- 쿠스코는 물가도 저렴하고 다양한 상품이 있어 기념품을 사기 좋은 곳이다. 흥정은 필수.
- 하루 500명으로 입산이 제한된 와이나픽추는 미리 온라인으로 입산을 신청해야 한다.
- 볼리비아 비자는 쿠스코에 있는 볼리비아 대사관에서 받을 수 있다.
- 발품을 팔더라도 산동네 꼭대기까지 가볼 만한 가치가 충분한 쿠스코의 골목.
- 페루의 대표 음식 세비체와 잉카콜라! 세비체는 익히지 않은 해산물이 들어가 신선하지 않으면 배탈이 날 수 있으니 주의해야 한다.

Peru

30시간 버스

민정

30시간을 가는 버스에서 17시간째, 창밖으로 황량한 사막의 풍경이 지나가고 머릿속엔 지난 일들이 흘러간다. 아픈 다리 때문에 멕시코에서부터는 가벼운 배낭 하나만 빼고 모든 짐을 다인이 혼자 감당했다. 짐뿐만 아니라 길을 묻거나 매표소에서 줄서는 등 몸을 움직여야 하는 일도 다인이 혼자 해결했다. 마치 늙은 엄마를 모시고 효도관광 온 사람처럼.

여행의 질이 떨어지고 있었다. 궁리 끝에 서울로 돌아가 치료를 하고 다시 여행을 떠나기로 합의했다. 처음 결정했을 땐 아쉬움이 컸지만, 여행의 끝이 조금 미뤄진 것뿐이라고 생각하기로 했다. 1년간 한국에 돌아가지 않겠다는 처음의 계획을 수정해야 하지만, 어차피 계획이 없는 게 우리의 계획이었다. 남미대륙을 둘러보고 집으로 돌아가기로 한다. 모래뿐인 사막 끝에서 우리는 무엇과 만나고 또 무엇과 이별하게 될까….

세상에서 가장 넓고 자유로운 감옥,
사막에는 노래하는 사람들과 활기찬 동물들과
울창한 숲이 모래가 되어 갇혀있는데
눈이 맑은 사람은 모래 속에서 그들의 이야기를 찾아내기도 한다

Peru

엄마의 교훈

다인

피삭 마을, 원주민 복장을 예쁘게 빼입은 아이들 3명이 새끼 양을 안고 와서 같이 사진을 찍자고 한다. 엄마는 사진을 찍고 돈을 주고 팔찌도 사주었다. 하루는 새 옷이지만 잘 입지 않는 하늘색 스웨터를 길거리에 앉은 아주머니와 아이에게 가져다 주었다.
어느 날은 피자 가게에서 피자를 먹고 있는데, 4살가량의 여자아이가 기저귀를 찬 동생의 손을 잡고 유리문을 낑낑 밀며 들어왔다. 엄마는 그 아이의 가족한테 따지도 않은 콜라를 통째로 주고 피자도 나눠주었다. 그리고 또, 또, 또, 엄마는 나눠주었다. 나는 내가 가끔 사달라는 기념품은 그토록 안 사주면서, 너무 많은 돈을 쓰는 거 아니냐며 짜증을 냈다. 엄마는 아주 쉽게 말했다.
"사람은 있으면 나누는 거야."
나도 언젠가 그런 말을 쉽게 할 수 있는 사람이 될 수 있을까?

Peru

사막과 버기투어

다인

후덥지근한 날씨에도 마스크를 챙기고, 긴 남방과 레깅스를 입고 선크림을 덕지덕지 발랐다. 그러곤 버기카의 맨 뒷줄 왼쪽 끝자리에 앉아 사막을 향해 부릉부릉 달리는 버기카의 느낌을 만끽했다. 드디어 기다리던 샌드보딩! 보드가 더 빨리 내려가도록 바닥에 열심히 양초 칠을 하고 1등으로 출발! 사실 사막을 보기 전까지는 특별한 기대가 없었다. '그냥 큰 모래밭일 뿐이겠지'라고 생각했다. 하지만 세상에서 가장 맑은 바다나 세상에서 가장 푸른 산도 모르는 아름다움을, 사막은 알고 있었다.

꿈을 찾는 사람들

다인

끝없는 모래 봉우리가 곡선을 만들며 쌓여있다. 모래는 노란색으로도 주황색으로도 하얀색으로도 빛이 난다. 색깔이 다른 모래 봉우리를 보고 있으니, 지금까지 만났던 사람들이 떠오른다. 이제 막 꿈을 찾아 달리고 있다는 3명의 크로아티아 오빠들, 세계적인 만화가가 되고 싶다는 독일 언니 캐롤라인, 작은 카페를 차리는 게 꿈이라는 와하카에서 만난 마리 언니, 여행을 하며 음식을 만들고 맛보는 게 꿈인 페루의 버스 차장 크리스티안….

지금까지 여행을 하며 만난 수많은 사람의 꿈이 나를 토닥여준다. 세상에는 꿈을 향해 나아가는 사람도 있지만, 이제야 꿈을 찾는 사람이나 아직 꿈을 못 찾은 사람도 많다. 하지만 모든 사람이 공통적으로 이렇게 말한다.

"나는 내가 행복할 수 있는 일을 찾고 있어."

눈을 감고 그들의 모습을 떠올리기만 해도 나는 행복하다.

Peru

바모스

다인

버기투어의 가이드 아저씨는 이 말을 항상 외쳤다.

"바모스!(가자!)"

그 말에 완전히 매료되어 입에 껌딱지처럼 붙이고 다녔다.

눈을 뜨고 세수를 하러 갈 때, 나는 외친다.

"바모스!"

아침을 먹으러 갈 때도 외친다.

"바모스!"

길을 나설 때도 외친다.

"바모스 아미고스!"

그래, 또, 가자!

Peru

삶

다인

지쳐버린 모양이다.

"이젠 광장도 너무 지루하고 교회도 너무 지겨워!"

이렇게 투덜대기 시작했다.

하지만 붉은 지붕들 위로 올라오니 삶이 보인다. 뒤뚱뒤뚱 천천히 오르막을 올라가는 불도그, 중절모에 긴 치마를 입고 무지개색 레깅스에 작은 검정구두를 신고 높은 계단을 내려오는 아주머니, "챠오! 챠오!" 잘 있으라고 귀엽게 외치는 빨간 모자 아이와 그 아이의 손을 꼭 붙잡은 아빠와 또, 또, 또….

아직 눈에 담아야 할 삶이 너무 많다.

Peru

산

다인

'산이 그냥 산이지 뭐. 산보다는 바다지.' 늘 그렇게 생각했다. 피삭 유적지의 계단식 논밭과 잉카인들의 옛집, 그 앞에 펼쳐진 엄청난 굴곡의 협곡들이 전부 초록색 나무로 뒤덮여 있었다. 너무나 아름다운 산에 정말 깜짝깜짝 놀랐다.

아! 그때부터였다. 산을 보며 탄성을 지르기 시작한 것은! 돌아오는 버스 안에서 자꾸 창밖의 산들을 넋 놓고 보게 된다. 쿠스코는 내게 새롭게 세상을 바라보는 눈을 선물한 또 하나의 의미 깊은 장소가 되었다.

Peru

휴지

민정

마추픽추에서 가장 가까운 마을인 아과스 칼리엔테스로 가는 기차를 탔다. 기차에서 내리자 인디오들이 두루마리 휴지를 양손에 들고 있었다. 기이한 광경이라 고개를 갸우뚱거렸다.

잠시 후 묵고 있는 호텔에 휴지가 없어 달라고 하니 4천 원을 내란다. 그제야 이유를 알았다.

PERURA

Peru

파이팅

민정

잉카인들이 사용했던 케추아어로 마추픽추는 '늙은 봉우리', 와이나픽추는 '젊은 봉우리'라는 뜻이다. 마추픽추에서 1~2시간 산행을 하면, 마추픽추가 한눈에 보이는 와이나픽추 정상을 밟는다. 입장은 7시와 10시 하루 두 번만 가능하고, 인원도 200명 한정이다. 신혼여행을 온 대만 부부의 사진을 찍어주면서 쉬엄쉬엄 오르니 거의 마지막으로 정상을 밟았다. 정상에는 다인이와 나를 포함해 단 8명만 남았다.

올라갈 때보다 내려올 때 다리가 더 아팠다. 하물며 관리인 재촉에 쉬지 않고 걸으니, 얼굴이 용광로처럼 달아올라 금방이라도 터질 듯했다. 내가 안쓰러웠는지 한국 드라마를 보면 이런 때 "파이팅!"을 외치더라며, 홍콩 아주머니가 스틱을 내밀었다. 나는 그녀가 스틱에 의지해 어렵게 걷고 있었다는 걸 알아 사양했다.

하지만 계속 건네는 손이 민망할까 봐 잡고 내려갈 곳이 없는 구간만 살짝 이용하고 돌려드렸다. 결국 우리는 와이나픽추 입구에 가장 늦게 도착했다. 아주머니도 나도 서로에게 수고했다고 박수를 쳐주었다. 땀과 열과 정이 담긴 박수였다.

Peru

마추픽추

민정

낭떠러지 길을 아슬아슬하게 달려 산들이 휘감은 마추픽추에 도착했다. 마추픽추는 비에 젖어있었다. 안개는 수시로 시야를 가리고, 바람은 비닐우비와 부딪혀 아우성쳤다. 사람 살 곳이 못된다. 이런 척박한 장소에 어떻게 도시를 건설하고 정착했는지….

이유가 궁금하지만 명확히 밝혀진 건 없다. 9년 반 동안 57억킬로미터를 비행해 명왕성까지 탐사하는 대단한 현대 문명이, 지나온 문명은 해석하지 못하는 것이다. 해석이 불가능한 위대한 문명의 존재, 아무리 생각해도 역사는 진보가 아니다. 그리고 우리 세계가 최선은 아니다. 이 점이 나를 위로한다.

사람이 살다가 자연에게 내어준
비와 바람과 안개와 구름의 거주지

볼리비아

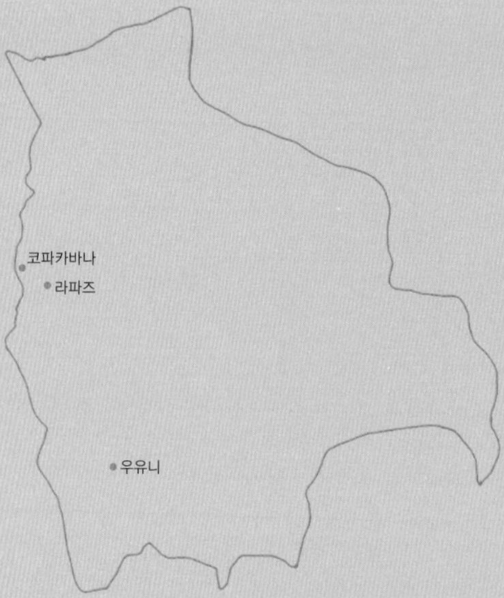

소소한 팁

- 코파카바나에선 송어구이와 멸치튀김을 먹어보길 강추!
- 태양의 섬 북쪽은 캠핑이 가능한 지역이고 남쪽은 숙소가 많다. 숙소가 있는 남쪽은 급경사가 심해 당나귀 주인과 협상해 짐을 옮기는 것이 심신 건강에 이롭다.
- 우유니 사막에 갈 땐 물이 새지 않는 장화를 고르자.

Bolivia

항구에서

다인

파란색, 연두색, 분홍색, 주황색, 하늘색, 갈색… 갖가지 색깔의 치마를 두른 여자들 모두가 모직 중절모를 쓰고 있다. 배에서 내린 그들은 당나귀 등에 배를 타고 건너온 가스통, 과자, 페인트, 탄산음료, 각종 식재료를 한가득 싣는다.

한 소년이 당나귀를 걷어찬다. 자기 집을 기억하는 당나귀들은 주인도 없이 무거운 짐을 짊어지고 높은 언덕을 빠르게 오른다. 자동차는 당연히 없고 마차도 물론이거니와 심지어 말도 없다. 이렇게 불편한 오지에 사는 사람들을 보며 나는 '말도 안 돼!'라고 생각했지만, 여기 원주민들은 '말이 된다!'며 당나귀 등에 물건을 실으며 바삐 움직인다.

Bolivia

태양의 섬

민정

해발 3,810미터에 위치한 하늘에서 가장 가까운 호수 티티카카. 충청남도에 이르는 광활한 면적을 영유한 호수. 잉카의 초대 황제 망코 카팍이 티티카카 호수 태양의 섬에서 탄생하여 잉카문명의 시초를 이룬 곳.

배를 타고 태양의 섬으로 간다. 볼리비아의 발전만큼이나 느린 속도로 배가 움직인다. 섬에 내려서 앞서가는 사람들의 속도에 맞춘다. 낙오되지 않기 위해서, 돌아가는 배 시간에 맞추기 위해서….

들꽃을 지나 에메랄드빛 호수를 스치고, 돌담길을 지나 정박한 작은 배를 스친다. 현지 아이와 장사치와 양을 스쳐 섬을 내려왔다.

문득 고개를 돌려 나지막이 뇌까린다.

'영화는 못 보고 스포일러만 보고 왔어.'

돌아가서 처음부터 다시 차근차근 밟아오고 싶다. 그 모든 풍경을.

마음이 따뜻해지고 행복이 차오르는
태양이 눈부시고 초록이 풍부한 순간들

Bolivia

원주민

다인

비가 오기 시작했다. 갑자기 버스가 산길 한중간에 선다. 원주민들이 짐을 가득 들고 버스에 탄다. 버스정류장도 아니었고 근처에 마을도 보이지 않았다. 특이한 것은 우산도 우비도 없는 원주민들이 모직 모자만큼은 비에 젖지 않게 비닐로 감쌌다는 점이다.
멈췄던 버스는 다시 비 내리는 산길을 소리 내며 달린다. 그때, 멀리멀리 산 아래 작은 마을이 보인다. 아마 사람들은 저곳에서 짐을 이고 버스를 타기 위해 걸어왔으리라. 족히 1시간은 넘게 걸었을 것 같다. 버스가 산을 넘어간다.

Bolivia

축제

다인

라파즈에서 케이블카를 타고 내려오는데, 저 아래 수많은 사람이 춤을 추며 축제를 벌이는 것 같았다. 케이블카에서 내려 얼른 버스를 타고 축제가 진행되는 언덕으로 향했다. 신에게 가족의 건강을 기원하는 축제였다. 몇 시간에 걸쳐 춤을 추고 금관악기를 연주하고 노래를 부르며, 그해에 지정된 한 집을 향해 행진한다. 이때 다들 술을 엄청 마신다. 우와! 1년에 한 번 열린다는 세리머니를 직접 볼 수 있게 되다니! 우리는 정말 운이 좋다.
고막이 흔들리는 엄청난 크기의 트럼펫 소리, 노래하는 사람들, 술기운에 완전 빨개져서는 신나게 악기를 흔드는 아저씨들과 색색의 치마를 입고 양옆으로 몸을 살짝살짝 흔드는 아주머니들까지(몸집이 큰 아주머니들의 작은 움직임에도 크고 화려한 치마들은 휙휙 돌아간다!) 모두가 즐거운 행진이다!

Bolivia

감춰진 것

민정

분지 지형인 라파즈에는 도시 중심에서 외곽으로 빠르게 이동할 수 있는 교통수단인 텔레페리코가 있다. 빨간 텔레페리코 마지막 역에는 현지인 시장이 있다. 사람도 물건도 풍성하고 다채롭다. 유독 눈에 띄는 물건은 바로 원주민 아주머니의 속치마. 보이지 않는 속옷인데 알록달록 색상도 무늬도 화려하다. 원주민 아주머니들 속에는 또 어떤 화려함이 감춰져 있을까?

Bolivia

외출

민정

새벽의 우유니.

검푸른 하늘에는 별이 반짝이고,

희뿌연 바닥에는 소금이 반짝인다.

지구인에게 발견되지 않은 은하로

소풍 나온 기분이다.

예쁜 추억을 남기려면 멈추지 말고 움직여야죠
노래를 부르고 춤을 추세요
혼자가 아니라 함께 즐거워하세요

아르헨티나

소소한 팁

- 우비를 세탁기에 넣고 돌리면 비가 샌다. 우비는 세탁이 가능한 옷이 아니다.
- 미성년자의 경우 도미토리 이용을 제한하는 호스텔이 있다. 이럴 경우 환불도 안 된다. 숙소를 구할 때 세부사항에 유의해야 한다.
- 스카이다이빙 가격이 다른 곳에 비해 저렴하다. 별로 무섭지 않으니 도전해보자.
- 아르헨티나는 달러 확보가 필수다. ATM을 이용하는 것은 완벽한 바보짓. 그만큼 환차익 차이가 크다.
- 브라질 내륙으로 가는 버스표는 국경도시 푸에르토 이구아수 터미널보다 일단 국경을 넘어 브라질 국제터미널에서 구입하는 편이 더 저렴하다.

Argentina

탱고

다인

볼리비아 국경 마을까지 9시간의 기차 타기, 거기서 아르헨티나로 2시간의 국경 넘기, 또 부에노스아이레스까지 28시간의 버스 타기와 도중의 짧은 이동과 숙소 찾기! 총 48시간, 이틀의 대이동을 통해 도착한 부에노스아이레스.

라보카 지구의 야외 레스토랑에서 아르헨티나의 명물인 소고기를 먹으며, 생애 처음으로 탱고 춤을 보았다. 곱슬머리 여자가 노래를 부르고, 두 남자는 기타를 치고, 남녀 무용수는 강렬하고 정열적인 춤을 춘다. "와~"라는 감탄사밖에 나오지 않는다.

그 저녁에는 탱고를 배웠다. 선생님의 스텝에 맞춰 걷기만 해도 몸이 통통 떠오르는 좋은 느낌이다. 하지만 선생님은 공처럼 통통거리면 안 된다고 주의를 준다. 파트너를 따라 절제된 동작으로 느낌 있게 추라는데, 몸이 마음을 따라주지 않는다.

Fiambres
La
Barrica
VINO

Argentina

스카이다이빙

민정

하늘에서 떨어진다니 무서웠다. 경비행기를 타고 높은 곳을 향해 올라가는데 다인이는 아무렇지도 않단다. 나는 심장이 너무 두근거려 이러다 숨이 멎을 것 같은데….
하지만 비행기 문을 열고 바닥없는 허공으로 뛰어내리는 순간, 거짓말처럼 마음이 차분해진다. 지상과는 다르게 하늘 위는 아무 소리도 없이 고요하다. 내 안에도 고요가 차오르는 느낌이다.

Argentina

이구아수 폭포

다인

이구아수 국립공원의 입구부터 눈에 띄었던 보트투어! 첫 번째로 본 매표소에서 매표를 하려고 했지만, 엄마가 보족을 차서 안 된다고 했다(몸에 작은 이상이라도 있으면 안 된다고 함). 우리는 깜짝 놀라 발이 아파서 하는 것이지 빼도 상관없다고 해명했다. 그러자 직원은 이곳은 카메라가 있으니 보족을 벗고 다음 부스에서 매표를 하란다. 선크림까지 재차 바르고 만반의 준비를 마친 우리는, 드디어 보트를 타고 이구아수 폭포 바로 밑으로 물을 맞으러 간다!

콰가가가가가가가가!!!

어마어마한 소리를 뿜으며 떨어지는 폭포에 잔뜩 기를 받은 나는 '나도 폭포에 뒤지지 않아!'라는 생각으로 있는 힘껏 외쳤다.

"꺄아아아아아아아!!"

Argentina

이름값

민정

다 집어삼킬 테다!

악마는 거품을 물고 쏟아지는 물줄기를 남김없이 삼키고 있었다.

악마의 목구멍이라는 이름값을 지키기 위해서.

엄마가 세상에서 가장 보고 싶다던 이구아수 폭포
악마의 목구멍을 가지고 있는 이구아수 폭포
감동적일 때 엄마는 항상 우와!
엄마를 따라서 나도 우와!
엄마만큼 눈물겨운 단어가 없어서 우와!

브라질

소소한 팁

- 싸다고 후미진 골목에 숙소를 정하지 말자. 밤에 귀가할 때마다 조마조마하다.
- 아침 일찍 가야 그나마 덜 붐비는 예수상.
- 에티하드 항공을 타고 아부다비를 경유할 경우 4시간 이상 대기하면 식권이 제공된다.

아코디언

다인

아르헨티나에서 온 레안드로는 아침 일찍 일어나 헤드폰을 끼고 좁은 호스텔 부엌에 앉아 흰 접시에 놓인 초록색 콩들을 휘적거린다. 그는 공동 테라스에서 10년 전에 산 고물 아코디언을 잡고 연주를 시작한다. 헝클어진 긴 머리와 웃통을 벗어 드러난 풍성하고 긴 가슴 털들이 그의 음침한 이미지를 완성시켜준다.

왜 아코디언을 좋아하냐고 묻자, "한 사람이 한 사람을 사랑하는 것과 같다"라고, "정확한 이유는 없지만 그냥 끌리는 것"이라고 말했다. 너무 낡은 아코디언이어서 레안드로의 연주는 가까이 있어도 잘 들리지가 않았다. 그가 아코디언의 펌프를 줄였다가 늘일 때에는 '푸슉' 하고 공기 빠지는 소리가 들렸는데, 그건 마치 심장이 뛰는 소리와 비슷했다. 지난 10년간 아코디언은 그의 심장이 되어 음악을 연주했다. 힘이 빠진 지금의 아코디언 모습에 레안드로는 가슴이 아프다고 말했다.

Brazil

인생

민정

학교를 마치고 나오는 여자아이들을 보니 7살 시절의 다인이가 떠올랐다.
"다인아 유치원 가지 말고 엄마랑 하루 종일 놀고 그러자, 응?"
"유치원은 내 인생이야! 내 인생을 망칠 셈이야?"
그 무렵, 다인이의 인생은 모두 유치원에 있었다.
18살, 이제 다인이도 유치원이, 아이스크림이, 친구가, 엄마와 아빠가 자신의 인생이라고 말할 수 있는 시절은 지나갔다.
17살에 떠났던 다인이의 여행도 막바지에 다다랐다. 마지막 나라 브라질에 도착했다. 브라질을 끝으로 잠시 숨고르기를 할 것이다.
이제 무엇이 다인이의 인생이 되고 있을까? 나는 '꿈'이었으면 좋겠다.

행복의 비밀

다인

점점 거북이처럼 일정이 늘어지고 그때마다 엄마의 미간 주름이 짙어진다. 엄마는 발이 너무 아프다고 한다. 치료를 받는 게 우선이라는 생각에 우리는 한국에 돌아가기로 했다. 항상 집을 그리워했지만, 막상 집으로 돌아가야 할 날이 코앞으로 다가오니 우리 둘 다 멍하다.

나는 걸음이 굉장히 느리다. 옛날에는 스스로에게 왜 이리 느리냐고 화를 낸 적도 많다. 그러나 여행을 다니면서부터 그냥 나 자신을 내버려두기로 했다. 느린 걸음은 오히려 세상을 천천히 느끼게 만들어준다. 서로 부딪히며 얇은 소리를 내던 니스의 파라솔과 바람, 피렌체 두오모의 종소리, 시칠리아 할아버지들의 웃음소리, 아바나 올드 카의 경쾌한 경적 소리, 과나후아토 광장에 앉아 기타를 치며 서로에게 속삭이던 커플의 사랑의 노랫말들….

느린 걸음은 이 모든 것을 내게 선물했다. 그리고 나는 느리게 느리게 이만큼이나 멀리까지 왔다. 그동안 나 자신에게 많은 질문을 던졌고, 다른 사람에게는 자신 있게 말을 걸 줄 알게 되었고, 진심을 담아 고맙다고 얘기할 수 있게 되었다.

수업 진도는 어떻게 따라가지? 곧 집으로 돌아간다고 생각하니 그 걱정부터 밀려온다. 하지만 전혀 후회는 없다. 우린 큰 행복을 안고 돌아간다. 그리고 더 큰 행복을 찾아 또 여행을 떠날 것이다. 그것이 다른 나라 다른 지역이든 아니면 다가올 미래든. 망설이지 않고 느릴망정 쉬지 않고 걸어가는 것. 그것이 행복의 비결이라는 걸 이제는 조금 알 수 있으니까.

Brazil

빵 지 아수까르

민정

여행을 하는 동안 한국인을 만난 적이 거의 없다. 성수기보단 비수기에 갔던 곳이 많고, 파리와 부에노스아이레스 말고는 한인민박을 이용하지도 않았다. 구태여 찾아다니지 않으니 거의 만날 수가 없었다. 부에노스아이레스의 한인민박에 가니 브라질에 대한 흉흉한 소식이 넘치고 있었다. 심지어 어제 민박집에서 떠난 남학생은 상파울루에서 순식간에 남자 5명에게 둘러싸여 핸드폰과 지갑을 갈취당했다는 얘기까지 들었다.

한인민박은 정보가 실시간으로 업그레이드되고 있었다. 쿠바부터 아르헨티나까지 중미와 남미를 4개월 정도 다니다 보니, 안전에 대해서는 걱정을 많이 하지 않았다. 하지만 부에노스아이레스의 한인민박에서 자꾸 괴담을 들어서인지, 정작 위험하다고 생각지도 않았던 브라질에 와선 행동반경이 좁아진다.

야경이 아름답기로 유명한 빵 지 아수까르에 갔다. 한밤중에 돌아오는 게 망설여졌지만 조금 용기를 내보기로 했다. 빵 지 아수까르는 원래 인디오의 발음을 흉내내 부르게 된, 빵을 세워놓은 듯한 모양의 바위산이다. 정상에 오르니 리우데자네이루의 전경이 한눈에 들어온다. 지금까지 본 전경 중에 최고다. 항상 생각하지만, 많은 정보가 좋은 것만은 아니다.

Brazil

다시 시작

다인

여행을 떠나와 셀 수 없이 많은 계단을 올랐다. 셀라론의 계단은 전 세계로부터 건네받은 화려한 타일들로 이루어져 있다. 뜨거운 햇빛 아래 계단을 오르기 시작한 나는, 긴 계단의 절반도 못 가서 타일 위에 주저앉아 버렸다. 엄마는 자꾸 끝까지 올라가보자고 했고, 나는 이 계단이 한국의 우리 집까지 이어져 있을 것 같다는 생각을 하며 힘을 냈다. 간신히 계단을 다 올라와 그리운 집에 도착했다고 생각하는데, 뒤를 돌아보니 더 높은 계단들이 있었다.
이제 며칠만 있으면 여행도 끝난다. 저 계단 끝의 상상의 집이 아닌, 아빠가 있는 진짜 집으로 돌아간다. 돌이켜 보면 여행의 모든 순간이 평범해 보이기도 한다. 완벽하지 않았지만 나는 세상 사람들의 평범한 일상에서 나를 만난 것 같다. 내가 아직 가보지 못한 세상에는 엄청난 일들이 숨어있을지도 모른다. 하지만 내가 가본 곳이든 가보지 않은 곳이든 특별하든 평범하든, 이제 나에게 세상은 상상만 하는 곳이 아니다. 나는 가고자 하면 갈 수 있고, 하고자 하면 할 수 있다.
"흠, 남아있는 계단도 올라가볼까?"

BRASIL 500 ANOS
שלום
SHALOM

약간은 흐리고 대체로 맑음

민정

작게 조곤조곤 읊조리듯 노래하는 보사노바. 삼비에서 파생되었지만, 타악기의 역동성을 배제한 새로운 경향의 장르 보사노바는 카를로스 조빔에 의해 1952년 무렵 탄생했다. 그의 대표 곡 〈이파네마 소녀〉. 이파네마 해변에 앉아 오래전 좋아했던 그 노래를 흥얼댔다.

> 늘씬하고 가무잡잡한 젊고 사랑스런 여인,
> 이파네마 소녀가 걸어가네.
> 그녀가 지나가면 그는 웃어주지만,
> 그녀는 보지를 않아.

내일이면 리우데자네이루를 떠나 서울로 돌아간다. 낯선 외국인들과 함께 도미토리에서 잠을 자고, 맛난 것도 못 먹는 고난 행군도 이젠 끝이다. 서툴고 모자라 놓친 것도 많았지만 후회는 없다. 무작정 세상 속에 우리를 던져보고 싶었던 여행, 닥치는 대로 상황에 맞춰 지내온 날들, 자유로웠고 새로웠다.

이제는 보고 싶은 가족과 돌돌이, 몽이, 히토가 있는 일상으로의 복귀가 설렌다. 누군가 청춘이 떠나가는 나에게, 청춘을 맞이하는 다인이와의 여행이 어땠냐고 묻는다면, 미소를 지으며 이렇게 대답하겠다.

"약간은 흐리고 대체로 맑았어요."

민정

1

돌아오자마자 묵은 빨래를 돌렸다. 강하고 뜨거운 햇볕 아래, 습하고 축축했던 빨래를 널며 평범한 하루를 시작했다. 편안한 침대에서 눈을 뜨고, 하얀 쌀밥으로 끼니를 때우고, 반질반질 청소를 한다. 평범한 일상이 얼마나 귀하고 빛나는지 깨닫는다.

가벼운 마음으로 시작했던 여행, 지금도 나는 일상을 떠나본다는 것이 대단하다고 생각하지 않는다. 물론 1년여의 여행이 우리에게 아주 특별한 시간을 선물했다. 그렇다고 굳이 거창한 의미로 포장하고 싶지 않다.

나와 다인이는 그다지 대단한 사람들이 아니었으므로 소풍 가듯 여행을 떠났고 많은 말은 필요하지 않았다. 어차피 우린 초보자고 처음부터 남들처럼 많은 것을 할 수 있다는 생각 자체가 없었다. 단지 많이 부딪쳐보며 하나하나 깨닫고 이해해나가고 싶었다. 우리는 우리의 방식들을 찾아내고, 우리답게 해나가는 것에 가장 큰 기쁨을 느꼈다.

여행도 이제 과거가 되었다. 다녀온 지 얼마 되지도 않았는데 벌써 기억에서 가물가물 멀어진다. 그래도 붙들고 싶지는 않다. 오히려 죄다 뒤죽박죽 섞여 세세한 기억이 없어지는 것이 자연스러워 좋다. 특별한 기억이 아닌 평범한 기억으로 남겨지는 것이 사랑스럽다. 그런데 나는 요즘 청포도를 먹으면 라트비아의 청과물 시장을 떠올린다. 그토록 푸르고 싱싱했던 햇살과 먹음직스러운 포도들을. 딸기를 먹으면 멕시코 과나후아토의 싸지만 싱거웠던 딸기가 떠오른다. 감기에 걸려 춥고 남루한 방에서 콜록거리며 먹던 맛없던 그 딸기를. 어느덧 여행의 기억은 내 시선 속에 녹아있다.

2

우리는 꿈을 찾았을까? 인생의 의미를 발견했을까?
다인이는 동화책을 만들고 싶다고 한다.
나는 욕심을 버리고 싶다.
하지만 다인이의 꿈은 얼마 못 가 바뀔지도 모르고, 내 꿈은 아마 평생 이루지 못할 것이다.

여행에서 우리가 얻은 가장 중요한 것은 이 세상이 상상이 아니라 현실이라는 점이다. 많은 불합리와 부조리 속에서도 사람들은 눈물겹게 살고 있다는 점이다. 그래서 세상일에 관심이 많아졌고, 따뜻하게 바라보고 싶어졌다. 그렇게 소풍 가듯 떠났던 여행은 거창한 결과를 바라지 않았던 것만큼 참 좋았다.

사랑하는 나의 딸 다인에게.

기억하니? 너는 그 추운 날에도 처음 만난 지중해라며 니스 해변에 고집스럽게 뛰어들었지. 프랑스 아를의 시청 앞 광장에선 바람을 만지겠다고 진지하게 서있었고, 에콰도르 갈라파고스에선 바다 이구아나가 세상에서 가장 멋지다며 함께 걸었지. 볼리비아 우유니 소금사막에선 소금을 가져가겠다며 쭈그려 앉았었고. 돌아보니 구름 위를 걷는 듯 꿈 같은 시간이었어.

너는 나에게 물었지 왜 공부를 해야 하냐고. 우린 답을 찾고 싶어 무작정 여행을 떠났지. 너는 꿈을 찾아 떠났고, 나는 어릴 적 꿈인 세계여행을 하기 위해 떠났어. 청춘이 시작되는 딸과 청춘이 끝나가는 엄마의 여행이었어.

여행길에서 우리가 찾은 것은 무엇이었을까?

꿈을 꾸는 사람은 누구나 아프단다.
언젠가 너의 꿈이 너를 가장 아프게 하는 날,
우리가 함께했던 기억들을 떠올리며 용기 잃지 않기를….

엄마가.

엄마 떠나길 잘했어

글 박민정·변다인

1판 1쇄 인쇄 2016년 2월 12일
1판 1쇄 발행 2016년 2월 19일

발행인 신혜경
발행처 마음의숲

대표 권대웅
편집 송희영, 김보람
디자인 고광표
마케팅 노근수, 황환정

출판등록 2006년 8월 1일(105-91-03955)
주소 서울시 마포구 동교로 144-13(서교동 463-32, 2층)
전화 (02) 322-3164~5 | 팩스 (02) 322-3166 | 페이스북 facebook.com/maumsup
ISBN 979-11-87119-68-5 (03810)

값은 뒤표지에 있습니다. 저자와 협의하여 인지를 생략합니다.

잘못 만들어진 책은 구입하신 곳에서 교환해드립니다.

마음의숲에서 단행본 원고를 기다립니다.
따뜻하고 생동감 넘치는 여러분의 글을 maumsup@naver.com으로 보내주세요.

이 도서의 국립중앙도서관 출판시도서목록(CIP)은 e-CIP홈페이지(http://www.nl.go.kr/ecip)와
국가자료공동목록시스템(http://www.nl.go.kr/kolisnet)에서 이용하실 수 있습니다.
(CIP제어번호: CIP2016003358)